1
Il ghetto

COS'È UNA STELLA?

Ventitré febbraio millenovecentoquarantatré

Hanna studiava la sua figura riflessa nello specchio dell'armadio.

Di per sé, quella stella di stoffa appena appuntata sul suo petto non stava così male. I colori si abbinavano bene: il giallo ocra della stoffa si intonava con il fondo ruggine del vestito su cui spiccavano i fiorellini cinabro della fantasia. Il punto di tinta si situava quasi perfettamente al centro delle due tonalità. Lei se ne intendeva di colori, conosceva le loro sfumature. A scuola era una delle più brave in disegno, i professori le dicevano diventerai una grande pittrice se ti applicherai.

E poi la stella era una bella forma.

Anche di forme se ne intendeva, sul foglio le tracciava con precisione nel disegno a china, le abbozzava appena con i carboncini e la fusaggine.

La stella era lo scudo di David, il simbolo del popolo ebraico.

La stella era quella lucina che certe notti spuntava per prima accanto alla curva della luna, nel blu intenso del cielo di Salonicco. Ci si era affezionata Hanna, la guardava dalla finestra prima di addormentarsi con la convinzione che Adonai, il Signore, l'avesse messa lì apposta per lei. Certo, Adonai aveva preparato anche il resto del mondo per lei, lo diceva sempre il rabbino: le conchiglie che intrappolavano il mare nelle loro perfette spirali di madreperla, i sassi bianchi e lisci della spiaggia che massaggiavano i piedi d'estate, gli aranci profumati che limitavano le vie della sua città e i cui frutti i ragazzi usavano per fare le battaglie, il Monte Olimpo che nelle giornate limpide si vedeva dal porto ed era uno spettacolo starlo a guardare.

La stella le ricordava le luci della festa di Hanukkah. In casa sul candelabro a nove braccia venivano accese all'inizio due candele, poi una per ogni notte successiva, in modo che al termine degli otto giorni fosse completamente illuminato.

Stella era poi il nome di sua madre, un nome che portava benissimo, perché lei era brillante, proprio come una stella.

Chi avrebbe mai creduto che all'improvviso una stella potesse far piangere?

La sera prima, la mamma si era bucata il polpastrello mentre la fissava sul vestito. Hanna la guardava lavorare, seduta sulla sedia. Le era uscita una goccia di sangue. Una sola, una goccia rossa e grossa, densa come il miele, affiorata lenta sul dito trafitto dall'ago. La mamma, che era una sarta esperta, l'aveva succhiata con un sospiro. E dagli occhi le era pure uscita qualche lacrima silenziosa.

No, quella stella di stoffa gialla appena appuntata sul suo petto non sarebbe stata male se solo qualche mese prima non si fossero verificati gli eventi di Piazza Libertà, se suo fratello non fosse stato forzato ad andare a costruire la strada per Larissa.

Non sarebbe stata male la stella, se fosse stato un altro momento del tempo o forse persino un altro luogo dell'universo, oppure se l'avesse cucita lei di sua volontà sul vestito, per lo stesso vezzo per cui le piaceva raccogliersi i capelli e fermarli con un fiore, e non per un'ordinanza cittadina.

La mamma.

In quell'istante era inaspettatamente comparsa dietro di lei, come un fantasma.

Insieme ci stavano a malapena dentro lo specchio, la testa della mamma sconfinava un po' oltre la cornice, tagliata all'altezza degli occhi. A Hanna quell'immagine tronca suscitò una strana sensazione. Gli eventi degli ultimi mesi avevano sottratto qualcosa a tutti, anche alla sua mamma. Doveva ancora pensare bene che cosa, ma certo le avevano tolto l'abitudine di battere le mani per una buona notizia portata dai vicini, quel modo speciale di desquamare il pesce con la testa inclinata persa in un pensiero che la faceva sorridere da sola, la leggerezza che la portava a canticchiare ogni qualvolta fosse convinta che nessuno l'ascoltasse.

Improvvisamente, anche i sentimenti e i fatti di solo un giorno prima apparirono a Hanna parte di un passato lontano, che aveva smesso di appartenerle, che forse non era nemmeno accaduto davvero. Il tema scritto a scuola nell'ora di italiano e i discorsi con le amiche all'intervallo, la corsa sul tram assieme a Mathias che iniziava a starle più simpatico degli altri, l'ultimo film visto al cinematografo Pallas che l'aveva fatta commuovere e piangere di nascosto perché si vergognava di farsi scoprire fragile, tutto pareva annebbiarsi e svanire, perdere consistenza e valore. Tutto per colpa di una stella.

Ora, in piedi dietro di lei, la mamma la guardava silenziosa con un sorriso insolito, amaro; più che un sorriso la smorfia di una faccia da cui qualcuno aveva soffiato via il colore, neanche fosse stata un disegno con i gessetti sul marciapiede.

Restarono così qualche istante a fissarsi l'un l'altra, senza sapersi dire nulla, poi la mamma serrò gli occhi. Non Hanna, che invece non chiudeva mai gli occhi, davanti a niente e a nessuno. Glielo dicevano fin da bambina, tu non chiudi mai gli occhi.

Hanna non chiude mai gli occhi, quante volte l'aveva sentito pronunciare da sua madre Stella, da suo padre Moshe, dai nonni e dagli zii, come fosse una sua caratteristica peculiare, il tratto che la distingueva da tutti gli altri uomini sulla terra, che la rendeva unica. Nemmeno quella volta che le avevano medicato la gamba all'Ospedale Hirsch aveva chiuso gli occhi. Era scivolata dal muretto di pietra dove si era arrampicata, in prossimità del vecchio cimitero ebraico. Non era alto, ma era caduta male e per la ferita che una roccia tagliente le aveva aperto nella gamba avevano dovuto portarla in braccio dal dottore, che neanche riusciva a camminare. Lei aveva voluto guardare, mentre il sangue impastato con la terra veniva pulito con le garze, mentre l'acqua lo lavava via arrossandosi nel catino, mentre la fascia stringeva troppo e sembrava che mille spilli le si conficcassero nella pelle.

Anche il vecchio cimitero ebraico non esisteva più, era stato distrutto dai tedeschi. Quella distesa senza fine di tombe, che lei era andata spesso a vedere dal muretto di cinta interrogandosi su cosa sarebbe davvero successo il giorno della risurrezione dei morti, era stata spazzata via, usata per lastricare le strade. Si diceva che ci avessero persino tappezzato una piscina. Lei non aveva pianto per il male alla gamba, ma i vecchi lo avevano fatto per il sacrilegio del cimitero.

Tante cose erano cambiate, e troppo in fretta. Se ne rendeva conto benissimo, sebbene avesse quindici anni e gli adulti per un po' avessero cercato di proteggere i più giovani, nascondendo loro ciò che stava accadendo. Era come se i grandi, senza neanche dirselo o forse con quel linguaggio speciale che non ha bisogno di parole ma si trasmette con le occhiate di traverso, le sopracciglia che si inarcano o il cenno nascosto di una mano, si fossero trovati d'accordo a mentire, o se non altro a tacere, e per un po', pochissimo, si erano davvero impegnati a fondo. Ma non avevano nessuna possibilità di successo, ciò che avanzava era troppo grande e tremendo e potente per essere arginato. Sarebbe stato come se qualcuno avesse pensato di arrestare la forza del mare quando si infrangeva violento sugli scogli nelle giornate di tempesta, quelle in cui la sua mamma le diceva per favore Hanna non andare a guardare il mare, sta' attenta che le onde ti portano via come hanno fatto con tuo cugino Alexandros che aveva sei anni e abbiamo pianto tutti a lungo e non abbiamo ancora finito di farlo. Ma lei invece ci andava lo stesso perché Hanna era così, lei non chiudeva gli occhi e soprattutto se c'era da guardare qualcosa lei doveva assolutamente guardarlo. Più di una volta si era recata sugli scogli, specialmente nelle occasioni in cui non avrebbe dovuto. L'aveva fatto perché desiderava tanto essere lì quando Alexandros sarebbe tornato: si era messa in testa che se la tempesta lo aveva portato via, la tempesta lo avrebbe riportato indietro, sano e salvo. Una volta lo aveva anche visto nuotare, lontano, in mezzo al mare, ma non avrebbe giurato che fosse proprio lui; non le era sembrato triste o preoccupato, nuotava contento e giocava e si divertiva, come era solito fare.

Troppe cose erano cambiate.

Da due anni i tedeschi avevano occupato Salonicco. Come prima mossa avevano chiuso i giornali. Su *El Mesajero* scriveva anche suo padre Moshe, proprio quel giornale di cui gli ebrei sefarditi andavano tanto fieri per via di quella loro strana lingua così simile allo spagnolo che era il ladino e che i greci di solito non capivano. Si pubblicavano più di venti giornali in città e la maggior parte era stata chiusa da un giorno all'altro. Una brutta faccenda per suo papà giornalista, rimasto improvvisamente senza lavoro, perché non sapeva fare altro che scrivere. Da allora si era messo a preparare i suoi articoli da solo, di nascosto, e li faceva leggere solamente a chi conosceva bene ed era sicuro che non lo avrebbe tradito. La mamma però si raccomandava con lui ogni notte, quando erano soli in camera e pensavano che Hanna non li sentisse; gli diceva devi stare più attento, se ti scoprono rovini la tua famiglia, devi proprio scrivere? Possibile che non vuoi fare altro? Hai bisogno di un lavoro sicuro, pensaci bene.

Poco dopo, i tedeschi avevano chiuso anche le biblioteche e portato via tutti i libri. A casa di Hanna, una notte, ne era arrivato uno scatolone pieno zeppo. Sul cartone c'era scritto materiale da ferramenta, ma al posto di viti e bulloni conteneva libri: erano i volumi più preziosi della comunità ebraica, frammenti di storia che non potevano essere distrutti, veri e propri custodi delle tradizioni degli ebrei sefarditi nei secoli, da proteggere e conservare. Suo padre Moshe li aveva nascosti in soffitta facendosi aiutare sulla scala a pioli da Andreas che era forte e giovane. Hanna li avrebbe voluti aprire e sfogliare, ma era meglio lasciarli incartati, così non si sarebbero rovinati e avrebbero potuto conservarsi per il futuro.

Dopo i libri era partita la confisca delle case e di tutti gli altri beni degli ebrei.

In due anni l'occupazione tedesca era riuscita a ridurre alla fame la popolazione; chi se la cavava peggio erano quelli come loro, che non avevano parenti nelle campagne circostanti da cui sfollare. Erano rimasti intrappolati in una città diventata inaspettatamente arida e avara. E poi erano accaduti i fatti di Piazza Libertà, anche lì Hanna non aveva chiuso gli occhi. Non se ne pentiva, l'avrebbe rifatto anche in quel momento. Eppure le notti in cui si proiettavano sullo schermo dei ricordi le immagini di quella giornata sperava in cuor suo di non averle mai viste, di essersi sbagliata o forse di averle solo sognate dentro un incubo da cui si sarebbe, prima o poi, svegliata.

«Hanna, presto arriverà una famiglia...»

Le parole della mamma la investirono di sorpresa. Le aveva pronunciate di sfuggita, voltandosi di scatto, mentre muoveva il passo per fare ritorno in cucina. Come un normalissimo annuncio, come avesse detto vado a preparare i pastellitos, dopo te li faccio assaggiare così mi dici se sono venuti bene. Per non considerare poi che aveva iniziato la frase con il suo nome: la mamma lo faceva solo quando era preoccupata o arrabbiata. E arrabbiata, non sembrava esserlo.

«Quale famiglia? Perché proprio qui?» le scappò detto con un tono più duro di quanto intendesse.

Non c'era bisogno di altri in casa! E poi non c'era nemmeno posto. Vero, il letto di Andreas si era liberato dopo la sua partenza per i lavori forzati, ma quello non lo avrebbe mai occupato nessuno. Era disposta a difenderlo con i denti, se necessario. Zero compromessi: un giorno Andreas sarebbe tornato e lo avrebbe ritrovato libero e perfetto, e anche Alexandros ovviamente, sarebbe tornato dal mare.

La mamma si arrestò, si voltò e guardò di nuovo Hanna, con tenerezza. Il fiato non riusciva a dar voce ai suoi pensieri. Le mancava il coraggio delle parole, così la prese per mano.

«Vieni a vedere tu stessa...» la invitò, quasi con un sussurro.

Aprirono piano la porta, solo un poco. Un refolo di vardari portò sulle loro facce il gelo del nord, ma non fu il vento a far loro accapponare la pelle. I tedeschi stavano chiudendo la strada, un doppio filo spinato intrecciato su pali di legno presto l'avrebbe spezzata in due. I soldati lavoravano sodo. Gli stivali di pelle nera schizzavano il fango che si era accumulato per le recenti piogge, i cappelli dalla croce uncinata si spostavano frenetici da un capo all'altro della via chini sulle matasse di filo.

Il cielo nuvoloso e troppo buio per l'ora spandeva sulla scena una luce livida, difficile credere fosse davvero mattino. Difficile soprattutto credere di essere nello stesso posto del giorno prima.

Hanna guardò sua madre in cerca di spiegazioni.

«L'ordinanza non impone solo di portare la stella gialla cucita sui nostri vestiti, ma anche di concentrarci in tre quartieri della città. Uno, è proprio il nostro. Chi abita nelle altre zone sta già lasciando la casa per trasferirsi qui, dovremo tutti stringerci un pochino...»

«Che significa?» chiese Hanna.

Non capiva. Prima, la stella. Adesso, i divieti. Non sarebbe neanche più potuta uscire da lì? La sua scuola era qualche isolato più avanti, in via Iatrù Misrahi. Era lì che sarebbe dovuta andare anche quella mattina, come tutte le mattine, tranne il sabato. Per arrivarci avrebbe superato il negozio di tessuti del signor Eljakim dove l'avrebbe raggiunta in strada Rachel, che studiava con lei, e poi il negozio di frutta del signor Cohen dove invece avrebbero agganciato Mathias che faceva sempre scherzi idioti, ma in fondo non era così male e soprattutto aveva un bellissimo sorriso. Non ci sarebbe più andata? A scuola, per la strada, nei negozi?

Ma non fu quello che chiese.

«Non potrò più scendere al mare?» le uscì di getto e si stupì lei stessa della domanda.

La mamma non rispose.

«E neanche giù alla Torre Bianca?»

Era bello arrivare fin là e passeggiare sul lungomare. Tutti i ragazzi lo facevano e si incontravano e ridevano e scherzavano. E poi c'erano anche gli scogli, a Hanna non piaceva la spiaggia sabbiosa sull'altro altro, quello che portava fuori dalla città, verso la campagna. La sabbia le dava fastidio fra le dita dei piedi e quando si infilava dentro il costume. No, a lei piaceva lasciarsi cadere nell'acqua, farsi improvvisamente sommergere, andare giù per poi risalire e nuotare. A nuotare era proprio brava. Molto più brava di certi suoi compagni che si davano tante arie.

«Non so... non credo... davvero non lo so» rispose la mamma.

Hanna comprese in quell'istante che il mondo stava cambiando di nuovo, che tutto sarebbe stato sovvertito. Non so, non credo, davvero non lo so non era una risposta che si sarebbe mai aspettata da sua madre.

Se forse nessuno sarebbe più potuto uscire da Kalamaria, in molti però ci sarebbero entrati. Si vedevano già i primi gruppetti di persone in cammino sulla strada, con le valigie in mano e i bambini piccoli in braccio o attaccati agli orli dei cappotti o trascinati a forza. Alcuni tiravano un carretto con sopra le loro cose, i più andavano a piedi.

Famiglie.

Intere famiglie avevano iniziato a trasferirsi nel loro quartiere. Quante ne sarebbero potute arrivare? Decine, forse centinaia o anche di più.

Si era sempre stati bene a Kalamaria fino a quel momento. Non era scontato che sarebbe continuato.

Presto arriverà una famiglia. Hanna ricordò le parole della madre, poco prima, davanti allo specchio. Ecco che cosa intendeva.

E restò a guardare la strada immaginandosi il mare di gente che l'avrebbe investita, con violenza. Forse l'onda questa volta non l'avrebbe risparmiata, avrebbe preso anche lei. Forse avrebbe fatto la stessa fine di Alexandros, sarebbe stata sommersa e nessuno l'avrebbe più vista camminare sulla terra.

Fu colta dall'improvvisa sensazione di non riuscire più a respirare. Tutta colpa del vardari che le strizzava i polmoni dal gelo, glieli serrava togliendo spazio all'aria e all'ossigeno di cui aveva bisogno. Ma gli occhi no, quelli erano ben spalancati. Per vedere per prima chi avrebbe bussato a casa sua.

Ventiquattro febbraio millenovecentoquarantatré

«Non puoi sederti lì».

Hanna incenerì con lo sguardo il tizio che si era ritrovata davanti. Nessuno le aveva chiesto il permesso di farlo entrare e nemmeno l'aveva avvisata che al ritorno da scuola l'avrebbe trovato lì. Una sorpresa di cui avrebbe volentieri fatto a meno.

Avrà sì e no dodici anni, pensò.

Ha la faccia da stupido, anzi no da topo, ecco, da stupido topo, continuò a dirsi. Quella era proprio la definizione perfetta: uno stupido topo si era intrufolato nella sua stanza.

Non aveva nessuna intenzione di avere a che fare con quel tipo. Anzi, non aveva intenzione di avere a che fare con chicchessia. Casa sua era casa sua. Punto.

Yosef scattò in piedi, neanche si fosse seduto su un letto di chiodi.

«Non può starci sopra nemmeno la tua roba» aggiunse lei acida.

Il ragazzo indirizzò un'occhiata al grumo di vestiti appoggiati sul letto. Fece scivolare lo sguardo anche sui quaderni e sui libri che si era portato dietro, tenuti insieme con un pezzo di spago ben teso. Afferrò svelto le sue cose, un po' alla rinfusa, e rimase in piedi, sull'attenti, tenendole strette in braccio, in attesa di istruzioni. Non gli piaceva quella casa: non era la sua casa e non era nemmeno la casa di zia Miriam. Zia Miriam, che non aveva potuto avere bambini, lo trattava come un figlio, gli preparava degli huevos haminados strepitosi, così cremosi e delicati da essere i migliori di tutta Salonicco. Almeno in casa la pensavano così. Da lei sarebbe stato bene, non lì.

Hanna se ne andò senza aggiungere altro, mollandolo da solo. E lui si sentì sollevato, oltretutto non gli piaceva nemmeno quella ragazza.

Wisliceny, così si chiamava il comandante tedesco. Wisliceny, Wisliceny. Nella testa di Hanna continuava a girare quel nome mentre si dirigeva in cucina. Wisliceny, Wisliceny. Quando lo aveva sentito pronunciare la prima volta? Ecco, sì: era stata la signora Alegre non molto tempo prima, un pomeriggio che era venuta a casa loro per farsi stringere il vestito blu. Mentre la mamma riprendeva il tessuto lungo tutto il fianco, aveva pronunciato più volte quel nome, ma sottovoce come stesse parlando di un diavolo capace di sentirla a distanza. La mamma l'ascoltava in silenzio, con gli spilli stretti fra le labbra, e annuiva con la testa; si vedeva che era tutta presa dal racconto, e preoccupata. Ogni tanto, però, era costretta a togliersi gli spilli di bocca e a rimetterli con pazienza nella scatoletta rossa di metallo appoggiata sul pavimento per dirle per favore signora Alegre stia un po' ferma e dritta; quel suo modo di continuare a chinarsi verso di lei per bisbigliarle i segreti nell'orecchio, non le faceva prendere le misure con la dovuta precisione. La signora Alegre aveva riferito qualcosa che a sua volta aveva sentito dire dalla signora Elvira che prima che il suo negozio chiudesse vendeva il pesce più fresco di tutta Salonicco, anche se un po' troppo caro secondo la mamma. Certe notizie facevano in fretta a diffondersi tra la gente, passavano di bocca in bocca, ogni volta arricchendosi di dettagli che prima mancavano, fino a ingigantirsi a dismisura. In quel caso particolare però era difficile esagerare, anzi era impossibile: la realtà superava ogni umana fantasia.

La famosa ordinanza era sua, del capitano Wisliceny. Appena arrivato dalla Germania, era diventato presto chiaro che il suo nome conteneva in sé il seme del male, un seme capace di crescere rapidamente, mettere radici e infestare la buona terra. Sua l'idea di limitare le attività degli ebrei, sua quella di chiudere i giornali, sua anche quell'ultima idea della stella da cucire sui vestiti.

Com'era possibile che tante brutte idee scaturissero tutte da un'unica testa?

Forse era davvero un diavolo e forse poteva davvero sentire le voci a distanza, leggere i pensieri delle persone. Se non lo si poteva scacciare, bisognava almeno starci lontani, e difendersi.

«È simpatico Yosef?» la domanda della mamma colse Hanna alla sprovvista.

Se la mamma fosse stata sola le avrebbe risposto la verità, ossia che non era affatto simpatico e soprattutto che era del tutto irrilevante se lo fosse o meno visto che non aveva nessuna intenzione di averci a che fare anche solo un minuto di più, ma siccome con la mamma c'era la signora Izabela, che di per sé sarebbe stata anche simpatica se non avesse avuto la colpa di essere arrivata lì con Yosef oltre che con il signor Isaac, suo marito, si trattenne ed evitò di rispondere. Non c'era posto per tre nuove persone in casa. Soprattutto non riusciva a credere che qualcuno avesse anche solo potuto pensare di approfittare dell'assenza di Andreas per occupare il suo letto.

Così si limitò a emettere un verso con la gola, a bocca chiusa, che la signora Izabela avrebbe potuto interpretare come certo che è simpatico, quando invece voleva dire l'esatto contrario.

«Lui va alla scuola ebraica, siete anche vicini di scuola, quasi nella stessa via...» si sentì in dovere di aggiungere la mamma, con un tono insensatamente gioioso.

Non c'era bisogno di precisarlo, Hanna sapeva benissimo dov'era sia la sua scuola sia quella ebraica, e poi che motivo c'era di rallegrarsi tanto? Ma i grandi a volte facevano così, quando erano a corto di argomenti piuttosto che tacere erano disposti a pronunciare anche delle perfette ovvietà. Lei frequentava l'Umberto I, una delle sei scuole italiane a Salonicco; ci andavano molti ebrei, di diversa origine, sebbene la più famosa tra le scuole straniere fosse quella francese, frequentata soprattutto dai più benestanti. All'Umberto I le lezioni erano in greco e in italiano. A molti, come lei, piaceva l'italiano, perché aveva dei suoni dolci che sembravano musica. Qualche famiglia era di origine italiana, ma moltissime no, erano come la sua: avevano scelto l'Umberto I per la vicinanza a casa, perché era un'ottima scuola dove si studiava con serietà e impegno e poi perché si imparava l'italiano, ovviamente, che era una lingua bellissima.

Non capiva piuttosto l'entusiasmo della mamma per il fatto che Yosef andasse alla scuola ebraica: come pensava che avrebbe potuto farle piacere? Evidentemente non era al corrente del fatto che i ragazzi non si guardavano di buon occhio nella via e che la rivalità fra le due scuole prendeva ogni giorno la forma di sguardi storti, smorfie e boccacce e pure qualche dispetto, certe volte neanche troppo piccolo.

«Avete la stessa età, non sarà difficile fare amicizia fra voi...»

Le parole della signora Izabela, le prime pronunciate, investirono Hanna come un vento impetuoso. La stessa età? Faccia da topo aveva dunque quindici anni? La situazione era persino peggiore del previsto: avere in casa un bambinetto forse forse lo avrebbe sopportato, ma avere in casa un quindicenne con l'aspetto di un topo di dodici anni era troppo.

«E voi che cosa state facendo?» chiese Hanna, dopo una breve pausa di silenzio. Non un granché come domanda, buona quel tanto per sviare il discorso e non dover commentare l'ultima, sconcertante, rivelazione che lei e Yosef erano coetanei.

Le due mamme erano sedute al tavolo della cucina, come fosse un giorno normale, come se si conoscessero da sempre, anzi come fossero lontane parenti che non avevano desiderato altro che ritrovarsi insieme e condividere le ultime notizie sulla famiglia.

«Stiamo parlando degli huevos haminados, la signora Izabela mi stava svelando il segreto di sua sorella Miriam. Pare siano i migliori di tutta Salonicco».

Hanna era interdetta.

«Le uova vanno cotte col guscio per più di otto ore assieme alle cipolle, ma con la buccia...» bisbigliò la mamma facendo un cono intorno alla bocca con la mano destra, neanche stesse rivelando un segreto capace di cambiare le sorti dell'umanità intera.

Hanna la guardò esterrefatta. Come potevano pensare alle uova in un momento così? Avevano afferrato che cosa stava accadendo là fuori? Non riusciva a crederci: faccia da topo in una stanza e due pazze furiose nell'altra.

Decise di tornare in camera, se non altro avrebbe presidiato il territorio e non avrebbe sentito blaterare di uova con il guscio e cipolle con la buccia, ma appena fatto un passo fuori dalla porta ebbe l'impressione che di colpo le due avessero iniziato a parlare sottovoce. Le loro sedie, nell'avvicinarsi, lanciarono uno stridio acuto sul pavimento che fece scorrere i brividi lungo la schiena di Hanna.

Esitò un attimo nel corridoio, incerta se restare lì ad ascoltare di nascosto. Poi proseguì.

«Che cosa fai ancora in piedi?» chiese a Yosef, incredula. Il ragazzo era nella stessa identica posizione di quando lo aveva lasciato.

«Non sapevo dove mettermi».

«Dai a me» gli disse Hanna, prendendogli le cose di mano.

Yosef la lasciò fare, docile. Lei le appoggiò sul tavolo e si voltò a guardarlo.

I suoi occhi raccontavano la paura e l'angoscia e lo smarrimento.

«È bello il tuo disegno».

«Cosa?» ribatté lei secca.

«È un bel disegno, volevo dire. Mi piace...»

Tutto titubante Yosef indicò il foglio appeso sopra il letto, già pentito di aver detto troppo.

Nel ritratto ad acquarello, un ragazzo dallo sguardo intenso accennava appena un sorriso. Alle sue spalle si distinguevano le mura della città alta.

In fondo, quell'apprezzamento a Hanna fece piacere, e se ne sorprese anche, ma si guardò bene dal rivelarglielo.

Forse avrebbe persino potuto far cessare le ostilità con lui.

Forse.

Venticinque febbraio millenovecentoquarantatré

«Anche mio fratello Andreas è stato chiamato ai lavori, da quando l'hanno portato via da Piazza Libertà non l'ho più rivisto...»

Per la seconda volta nel giro di pochi giorni Hanna si sorprese di se stessa. Incredibile: stava già parlando di Andreas con Yosef. Anche nell'improbabile ipotesi che potessero diventati amici, si aspettava che magari l'avrebbero fatto dopo, tempo un mese, forse un anno, ma non subito.

Andreas era la sua spina nel cuore, di lui non parlava con nessuno. Andreas che la faceva salire sul carro, che quando rideva aveva il sole dentro gli occhi nerissimi, che la lanciava in acqua dagli scogli, che le diceva che bel ritratto mi hai fatto, che si lisciava indietro i capelli per uscire con Nina di nascosto da tutti, ma non da lei: Andreas non era più tornato dai lavori. Per questo lei certe notti piangeva, badando bene di soffocare i singhiozzi perché lei era una dura e le dure non piangono mai.

Capitava che talora confessasse a se stessa che non l'avrebbe più rivisto, che davvero erano ormai rientrati tutti dai lavori forzati, che era passato troppo tempo e che mamma e papà avevano ragione a piangerlo morto, ma il più delle volte si rimproverava di quei pensieri negativi. Fosse pure stata l'unica, mai avrebbe dovuto cedere alla tentazione della disperazione: Andreas un giorno sarebbe tornato. Probabilmente gli era successo qualcosa e non ricordava più niente, però era vivo. Andreas era forte e appena fosse guarito avrebbe ritrovato la strada, sarebbe ricomparso alla porta di casa, lei avrebbe aperto, lui avrebbe provato a sollevarla in segno di festa prendendola sotto le braccia e avrebbe commentato che cosa è successo che non riesco più a sollevare la mia sorellina?

No, certamente non avrebbe parlato di Andreas con Yosef, almeno in quel momento, se non fosse stato lui a tirare fuori l'argomento per primo. Non ne avrebbe parlato se anche lui non avesse raccontato di un fratello, Chaim, di due anni più grande di Andreas, che non era tornato dai lavori forzati. In Piazza Libertà c'erano stati tutti e due, l'undici di luglio, lei e Yosef, senza ancora sapere l'uno dell'esistenza dell'altra, l'estate precedente, in un giorno così caldo che il posto giusto sarebbe stato dentro il mare a mollo, non sul selciato sotto il sole.

In quel momento Hanna e Yosef si trovavano seduti in cima alla Torre Bianca, uno accanto all'altra. Ci erano andati di nascosto, con l'eccitazione e la paura che potesse essere l'ultima volta. Quel giorno scattava infatti l'ordinanza sui ghetti; avevano approfittato del fatto che c'era ancora tanta gente che si spostava nelle strade, era stato facile passare inosservati.

Le nuvole sopra di loro si rincorrevano veloci spinte dallo stesso vento che faceva agitare la bandiera sul pennone accanto. Hanna alzò lo sguardo verso il cielo, vi riconobbe distintamente la forma di un novyikas, il dolce per la festa di Purim che le piaceva tanto e che la mamma comprava al mercato di Plasa Judia. Le nuvole si erano combinate insieme per formare la sagoma di una sposa: la testa, le braccia conserte, il vestito.

Presto sarebbe arrivato Purim, si sarebbe letta la storia di Ester, la regina di Persia nipote di Mardocheo e moglie di Assuero che aveva salvato gli ebrei dalla decisione del primo ministro Aman di sterminarli. Ci sarebbe stato bisogno di una donna così anche ai loro giorni.

Yosef si tormentava le mani grattandosi le pellicine attorno alle unghie, dal pollice usciva un po' di sangue. Si guardava le scarpe impolverate e pensava.

La sposa nel cielo intanto era stata sciupata dal vento, si era dapprima raggomitolata, chiusa su se stessa, poi si era spezzata in frammenti sempre più piccoli fino a dissolversi.

Hanna si voltò a guardare Yosef.

Incredibile come quel tipo sconosciuto fino a due giorni prima avesse già tanto in comune con lei: tanto per iniziare portavano entrambi la stella cucita sul maglione, e poi condividevano la casa, seppur forzatamente. Ma non solo, i loro occhi si erano riempiti delle stesse immagini, e i loro pensieri degli stessi ricordi quell'undici luglio. In Piazza Libertà entrambi avevano perso un fratello.

Quel giorno tutti i maschi ebrei di età compresa fra i diciotto e i quarantacinque anni avevano ricevuto l'ordine di radunarsi in piazza per registrarsi nelle liste di lavoro: sarebbero dovuti andare a costruire nuove strade e piste di atterraggio per gli aerei. L'appello era comparso sui giornali del pomeriggio e in tutte le case ebree non si era parlato d'altro. La preoccupazione era grandissima, tanto quanto la consapevolezza che non ci si poteva sottrarre alla chiamata: i tedeschi avevano occupato Salonicco ed erano i nuovi padroni.

Gli adulti, presagendo un pericolo, avevano tassativamente proibito ai bambini e ai ragazzi di recarsi in piazza, ma sia Hanna sia Yosef, ciascuno per suo conto – come del resto molti altri loro compagni –, erano riusciti a sfuggire ai controlli e a raggiungerla di nascosto, attraverso strade laterali e meno frequentate. Tutti erano intenzionati a vedere che cosa sarebbe accaduto; i divieti e la preoccupazione dei grandi non avevano fatto altro che alimentare la curiosità.

Yosef si era dato appuntamento con alcuni amici di scuola accanto ai vecchi bagni turchi, il posto ideale dove mollare le bici e raggiungere la piazza a piedi. A lui era stato affidato il compito di chiudere la fila, perché era il più piccolo e anche il più svelto a correre.

Proprio mentre stava per sgattaiolare via dal lungomare per entrare finalmente nella piazza – ancora un soffio e ce l'avrebbe fatta – all'angolo era andato a sbattere contro la divisa di un soldato in cerca di un posto tranquillo dove fumarsi una sigaretta. Per un istante i loro sguardi si erano incontrati. Yosef era solo e paralizzato dalla paura. Il tedesco, però, non aveva cercato di fermarlo, dopo la prima reazione istintiva che gli aveva fatto alzare il fucile a mezz'aria. Non gli aveva nemmeno parlato, si era limitato a un sorriso strano, come di sfida. Un sorriso cattivo capace di mettere i brividi nonostante l'afa ammazzasse il respiro.

Quando Yosef era arrivato con il fiatone, in piazza c'erano già molti ragazzi presenti, e non serviva nemmeno nascondersi: i tedeschi non si curavano di loro, anzi sembrava quasi avessero piacere che fossero lì a guardare.

I bambini più agili si erano arrampicati sui pali della luce, gli altri si erano invece intrufolati nei palazzi dove oltre gli androni, su per le scale, avevano raggiunto le terrazze. La luce riverberava sulla pietra bianca, accecante; per vedere qualcosa bisognava tenere una mano sopra gli occhi e strizzarli. Sotto di loro, una distesa di uomini stava ferma in piedi sotto il sole; erano tantissimi, padri, sposi, fratelli, fidanzati, e crescevano sempre di più. Solo alcuni, probabilmente i primi ad arrivare, erano riusciti a trovare riparo sotto i rami degli alberelli ai bordi delle strade, troppo piccoli per soddisfare la fame d'ombra di tutti; i più già sudavano nei loro pantaloni lunghi e nelle camicie appena stirate. Anche Hanna si trovava su una terrazza e li guardava fisso. Aveva accanto dei bambini piccoli che stavano stranamente in silenzio, a bocca aperta; chi solo, chi per mano a un fratello o a una sorella come se un pericolo imminente potesse imporre di scappare in tutta fretta. Nessuno se la sentiva di parlare, nessuno riusciva a rompere l'atmosfera così innaturale che si era creata nella piazza di solito tanto rumorosa e trafficata e gioiosa. Per un po', mentre gli uomini arrivavano e si accalcavano, il brusio dei loro discorsi aveva riempito l'aria. Poi, all'improvviso era cessato. Quando le guardie tedesche si erano messe a urlare gli ordini e a minacciare, il silenzio aveva iniziato a sollevarsi verso il cielo. Non il silenzio pacifico delle notti d'estate quando anche gli insetti decidono di tacere e l'aria resta sospesa, piuttosto il silenzio rabbioso della paura dove i pensieri non trovano più parole.

«Tu dov'eri?» gli chiese Hanna.

«Eh?»

Yosef fu colto soprappensiero.

«In Piazza Libertà, dov'eri?»

«Ero proprio sulla strada, sotto il tendone del bar all'angolo. Da lì vedevo bene e stavo anche all'ombra».

«Sei riuscito a vedere Chaim?»

Yosef esitò prima di rispondere.

«Per un attimo solo, però era proprio lui. Non si trovava dal mio lato, doveva essere in mezzo, più o meno nel centro della piazza, ma sono sicuro di aver riconosciuto il suo cappello bianco di paglia. Giuro, non c'era un altro cappello così in tutta Salonicco, se ne vantava tanto lui. Un tedesco deve averglielo tolto e per dispetto l'ha fatto volare in alto: l'ho visto alzarsi sopra le teste di tutti e ricadere giù come un uccello morto. Sarei andato a cercarlo quel soldato e l'avrei preso a calci, se solo avessi potuto. Se solo ne avessi avuto il coraggio...»

Hanna lo fissò. Non le era estranea quella rabbia, e nemmeno la fatica di tenerla a bada.

«E tu l'hai visto Andreas?» le chiese a sua volta Yosef.

«Ero troppo in alto, dalla terrazza riuscivo a cogliere l'insieme, non i dettagli. La vista faceva impressione. Ho cercato Andreas, disperatamente, ma non avrei mai potuto individuarlo così lontana. Credimi, ne avrò visti almeno dieci che gli assomigliavano, che ero certa fossero lui, per poi capire che mi ero sbagliata...»

«Che assurdità, no?» scappò di bocca a Yosef.

Hanna ficcò gli occhi dentro i suoi: che cosa intendeva?

«Che sia successo in Piazza Libertà, che sia tutto iniziato là. Sembra uno scherzo di cattivo gusto: li hanno privati della libertà proprio in un posto chiamato così».

«*Ci* hanno privati: l'hanno fatto anche a noi, a tutti noi, non solo a loro...»

Yosef abbassò lo sguardo.

«Appena hanno iniziato a picchiarli io sono scappato via» aggiunse dopo una pausa di silenzio. La sua voce tradiva un senso di vergogna, come se andarsene fosse coinciso con il far torto a qualcuno o con un imperdonabile gesto di codardia.

Hanna no, era rimasta invece, con gli occhi sgranati. Nonostante si sentisse svenire, per il caldo, per la sete e per ciò che incredula continuava a vedere.

I soldati avevano tenuto gli uomini fermi per ore, senza un goccio d'acqua, allineati in file regolari con il sole a picco che bruciava i crani e fiaccava gli animi. Se solo qualcuno osava aprire bocca – ma poco, bastava anche solo un borbottio – i tedeschi lo tiravano fuori dal gruppo, e lo umiliavano. A volte non c'era neanche bisogno di fiatare, era sufficiente essere lì.

Yosef, andandosene via, si era risparmiato la vista di quegli uomini sfiniti dal caldo e dall'angoscia che davanti a tutti erano costretti a eseguire degli insensati esercizi ginnici, fare i piegamenti sulle ginocchia, incrociare le mani e le braccia oppure dondolare la testa in obbedienza ai comandi che ricevevano.

Umiliazioni, derisione, botte.

«Tu invece sei stata lì fino alla fine?» le chiese Yosef.

Hanna si limitò a un sì.

Aveva visto tutto, non si era risparmiata niente, ma non aveva intenzione di raccontarlo.

«Io quella sera ho pianto, in camera» le confessò lui, sottovoce. Quella ragazza gli faceva uno strano effetto, lo portava a dire cose che non aveva mai detto a nessuno.

Anche lei aveva pianto, così come molte altre sere dopo, ma quella era un'altra cosa da tenere per sé.

«Credo che dovremmo rientrare...» gli propose, dopo una pausa piena di pensieri.

Yosef si voltò verso di lei. Muoveva le mani con una certa agitazione. Era impaziente. Desiderava mostrarle qualcosa. Lo voleva da un po', attendeva solo il momento adatto.

«Aspetta un attimo, c'è una cosa che voglio farti vedere...»

Lei attese curiosa mentre lui frugava nella tasca del giaccone ed estraeva un pacchettino avvolto nel fazzoletto.

«È una Hohner!» la voce gli tremava.

Hanna guardò l'armonica a bocca con un'istintiva riverenza: il nome della marca le era sconosciuto, ma il metallo lucido e il legno scuro in contrasto la rendevano un oggetto bellissimo.

«Sai suonarla?»

Yosef appoggiò lo strumento sulle labbra e iniziò a soffiarci dentro. Nell'aria si alzò una melodia dolce, allegra e melanconica al tempo stesso, che volò sopra il mare e discese leggera sulle case e sulla gente. Hanna l'avrebbe ascoltata per ore.

«Che musica è?»

«L'ho scritta io qualche mese fa. Mi piaceva comporre, ci passavo le ore, ma adesso non mi viene più».

«Sei così bravo a suonare...»

«Me l'ha insegnato Chaim, lui era molto più bravo di me, avresti dovuto sentirlo! L'armonica è sua, me l'ha lasciata la sera prima di partire per i lavori. Io volevo che la portasse con sé, gli avrebbe fatto compagnia nelle notti al campo, ma lui ha insistito che la tenessi. Sarà il nostro segreto, mi ha detto, sono sicuro di lasciarla in buone mani e al mio ritorno ti troverò ancora più bravo. Nessuno sa che ce l'ho io, ho troppa paura che me la portino via. E poi, se è un segreto, non deve saperlo nessuno. È preziosa, sai; non l'abbandono mai, la tengo nascosta in tasca».

Yosef aveva parlato a raffica.

«Secondo me dovresti ricominciare, a comporre intendo».

Il ragazzo corrucciò la fronte, come se si stesse sforzando di considerare l'ipotesi.

«Magari, potrei anche provarci. Comunque, posso sempre suonare per te, ogni volta che lo desideri...»

Hanna sorrise e con le mani si ravvivò i capelli. Nessuno si era mai offerto di suonare per lei.

Il vento era improvvisamente cessato. Dopo aver spazzato via quasi tutte le nuvole, aveva fatto largo al sole sullo sfondo di un azzurro timido.

Un idrovolante che sorvolava rumoroso li costrinse a guardare in alto. Sembrava un grosso uccello con i pattini.

«Adesso però dobbiamo tornare a casa, Yosef. Ci stanno di sicuro aspettando, e non dimentichiamo l'ordinanza...» tagliò corto, ancora un po' imbarazzata dall'ultima proposta.

Yosef avvolse con cura l'armonica nel fazzoletto e l'infilò in tasca.

Si alzò per primo da terra, scattando in piedi, poi allungò il braccio per aiutarla.

Prima di scendere si appoggiarono un ultimo istante sui merli della torre. La vista era un incanto. Le vele dei due alberi fermi all'ancora erano sgonfie, il mare si muoveva placido, i pescatori riparavano le reti scherzando fra loro, la gente camminava sul corso. Da quell'altezza sarebbe potuto sembrare un giorno normale, come quando la vita scorreva tranquilla e si stava bene.

Al livello della strada, però, la realtà tornò a imporsi. Armi spianate, facce preoccupate, la tensione palpitava ovunque.

Lungo la via verso casa i ragazzi videro due soldati che avevano preso di mira una vecchia ebrea che trasportava un'anfora piena d'acqua; la seguivano, canzonandola per la sua età. Lei provò a scansarsi al centro della strada, ma fu presa in mezzo ai due che la spintonarono finché non cadde a terra e l'anfora si ruppe. Con uno sguardo di disgusto accompagnato da una risata compiaciuta i soldati la lasciarono distesa, in mezzo ai cocci, a chiedersi perché. Un uomo si chinò per aiutarla, ma lei non ne voleva sapere di rialzarsi.

Hanna avvertì il bisogno di avvicinarsi a Yosef. Sebbene le arrivasse poco sopra le spalle, sentiva che l'avrebbe protetta. Non era affatto un bambinetto.

E di una cosa era certa: non l'avrebbe più chiamato faccia da topo.

2

Villa Olga

DECIDO IO CHI È ITALIANO

Venti febbraio millenovecentoquarantatré

Le autorità militari tedesche, dietro ordini tassativi ricevuti dal Reichsführer SS Himmler, hanno disposto che per il 25 del corrente mese di febbraio gli ebrei di Salonicco siano riuniti in ghetto e che portino sul petto la stella di David.

Il console Zamboni fece una lunga pausa mentre dettava il telespresso indirizzato al Ministero degli Affari Esteri di Roma e alla Rappresentanza d'Italia per la Grecia ad Atene. Intanto gettò lo sguardo fuori dalla finestra: il giardino del Consolato era spoglio, i fili della luce che correvano in alto sopra il cancello di ferro battuto ondeggiavano sincroni con il vento, lo stesso che costringeva i pochi passanti a camminare a testa bassa calcando in testa i cappelli con le mani. Il cielo, grigio, colmo di nuvole dense, non prometteva niente di buono.

Le cose stavano precipitando, il vento maligno che da tempo spazzava l'aria dell'Europa aveva investito anche Salonicco. I fatti di Piazza Libertà a metà luglio non erano stati che l'inizio, il compimento era ormai vicino.

In quanto console italiano, Guelfo Zamboni, era stato invitato dalle autorità ad assistere all'adunata dove i tedeschi ufficialmente avrebbero dovuto registrare tutti i maschi ebrei abili al lavoro, così da poterli schedare in apposite liste. Non negava a se stesso, però, che oltre che per senso del dovere, ci era andato anche per una certa curiosità personale.

Una volta in piazza aveva subito compreso che in realtà si trattava di una tragica prova generale per testare l'effetto della paura sugli uomini. Durante l'adunata quelli che si erano attardati o si erano, involontariamente, distinti per un dettaglio in altri momenti del tutto insignificante – una paglietta bianca in testa per ripararsi dal sole o un paio di occhiali scuri da poco comprati al mercato per qualche dracma – erano stati sottoposti a vere e proprie brutalità. Quegli uomini stavano entrando a far parte di una massa grigia e informe su cui si sarebbe scatenata la furia del Reich. Ignari di tutto, al momento si limitavano a scambiarsi sguardi attoniti e increduli.

I nazisti avevano individuato con precisione chirurgica i più fragili, li avevano tirati fuori dal gruppo, li avevano trascinati negli spazi liberi della piazza per picchiarli e dare sfogo alla crudeltà e all'odio. Con le bacchette avevano comandato loro di flettersi sulle ginocchia, di contrarre ed estendere le braccia, di rannicchiarsi a terra come gusci vuoti, come certi giochi che facevano i bambini per strada.

Piegare fisicamente per sfinire l'anima, fiaccare i corpi per uccidere i pensieri: il progetto stava anticipando tutta la mostruosità di cui sarebbe stato capace.

In piazza molti erano svenuti, i meno giovani e i più deboli soprattutto, e i soldati per svegliarli avevano messo loro la testa dentro secchi pieni di acqua. Qualcuno era morto affogato, persino. Qualcun altro era rimasto a terra per le botte, rotto e incapace a rialzarsi. E più faticava a rialzarsi più lo picchiavano.

I non ebrei presenti avevano assistito silenziosi, da soli o a gruppetti, dando prova e conferma ai nazisti che nessuno avrebbe obiettato o fatto resistenza al loro volere.

Zamboni invece non era riuscito a rimanere fino alla fine; quanto più i tedeschi intorno ridevano e si divertivano e gli altri acconsentivano, tanto più lui si vergognava di trovarsi lì, spettatore impotente di uno spettacolo allucinante. Impotente, con in più la sensazione di essere in qualche misura anche connivente.

Cinquemila ebrei in tutto reclutati per i lavori forzati, avrebbe poi letto nei resoconti dei giorni successivi: mandati a lavorare in condizioni disumane, stremati dalla fame e maltrattati, con in più l'incubo della malaria che infestava le paludi dove cadevano ed erano costretti a rialzarsi a calci.

Alla fine, ne erano morti più di trecento.

In Piazza Libertà i tedeschi avevano suddiviso gli uomini in tre categorie: quelli della prima lista erano partiti il giorno successivo per i lavori di costruzione della strada Katerini-Larissa, mentre agli altri era stato chiesto di restare a disposizione in attesa della convocazione al lavoro, sempre fatta tramite i pochi giornali di regime rimasti ancora aperti. Qualcuno molto abbiente fu disposto anche a pagare pur di farsi includere nella terza lista, quella con minori probabilità di chiamata. Era risaputo che i nazisti fossero particolarmente sensibili al denaro.

Era poi successo che, verso la fine di ottobre, le autorità tedesche avessero stretto un accordo con la comunità ebraica: a fronte del versamento di due miliardi di dracme, tutti gli uomini reclutati sarebbero stati rimessi in libertà. I più ricchi della comunità ebraica si erano autotassati per raccogliere quella somma, e grazie al loro contributo i sopravvissuti, affamati e ammalati, avevano potuto fare ritorno alle proprie case.

Zamboni si era subito attivato per la sua comunità: con il suo intervento diretto era riuscito a ottenere che tutti gli ebrei italiani fossero esentati dall'obbligo dei lavori.

Nei giorni successivi, molti ebrei greci, che lavoravano per gli istituti italiani e che erano venuti a conoscenza dell'esenzione, si erano precipitati da lui per chiedere l'estensione di quel privilegio anche a loro. Il console però era stato irremovibile.

Quei no pesavano ancora sul suo animo, ma avrebbe rifatto la stessa scelta. Era stata la decisione giusta, anzi lo restava ancor di più alla luce di come si era sviluppata la situazione. Le sue raccomandazioni non sarebbero servite a nulla e gli ebrei greci sarebbero partiti comunque per i lavori; esse avrebbero piuttosto ottenuto l'effetto di irritare i tedeschi, di irrigidirli, di renderli sospettosi e di minare quell'attività di difesa degli ebrei italiani che costituiva il suo unico compito. Per una mossa azzardata, peraltro inefficace, avrebbe messo a repentaglio la vita e gli averi di tanti uomini, la cui sicurezza dipendeva solo da lui. Si sentiva responsabile degli italiani, non poteva tradirli.

No, la generosità non poteva essere insensata. Nessuna tolleranza per le leggerezze, soprattutto in un momento tanto difficile e delicato.

Zamboni si voltò e tornò verso il centro della stanza. Gli capitava sempre più spesso di fermarsi a pensare: si sforzava di scovare una logica dentro quella situazione così assurda, una logica che sapendo legare il recente passato alla situazione presente gli permettesse di anticipare il futuro di quella nuova, tremenda era di cui aveva appena visto la nascita. Da tempo si era fatta strada in lui l'idea che non poteva stare a guardare, che non poteva limitarsi a inviare comunicati all'Italia o ad Atene come uno spettatore asettico e indifferente. Il suo ruolo gli chiedeva di proteggere gli ebrei italiani, perché prima che ebrei erano italiani, connazionali affidati alla sua tutela.

La signora Carolina, l'anziana segretaria, era intanto rimasta silenziosa, in attesa di continuare il telespresso. Il console, che conosceva per il temperamento così energico, a tratti impulsivo – quando la chiamava dal piano di sopra le sue urla a volte la facevano saltare sulla sedia –, da qualche tempo si era fatto più scuro, alternava ai soliti guizzi di energia delle lunghe pause di riflessione in cui sembrava essere da un'altra parte. A un cenno di Zamboni – un deciso e rapido flettersi del capo – gli rilesse il testo fin dove erano arrivati e preparò le mani sulla tastiera per continuare a battere sotto dettatura.

> Oltre tali fondamentali provvedimenti, gli ebrei non possono circolare dopo l'ora fissata per l'oscuramento, fare uso dei mezzi di comunicazione, assistere a spettacoli pubblici, servirsi del telefono, raggrupparsi nelle strade centrali, e i negozi ebraici devono portare uno speciale cartello. Il Dott. Merten, Capo del competente servizio, mi ha detto che soltanto provvisoriamente gli ebrei vengono concentrati nel ghetto, ma che saranno poi tutti trasportati in Polonia.

Carolina chiuse il testo battendo la firma di Guelfo Zamboni e si alzò svelta in modo da scendere in cancelleria, al piano di sotto, dove la telegrafista avrebbe inviato il messaggio.

Il console, rimasto solo nel suo appartamento, tornò alla finestra e guardò di nuovo fuori. Stavolta gli scappò un sorriso.

Lucillo Merci stava entrando baldanzoso nel giardino.

Il suo passo deciso, la fronte larga e gli occhialini tondi da cui filtrava uno sguardo acuto e buono, riuscivano a mettere Zamboni di buonumore. Merci era arrivato a Salonicco a ottobre in qualità di traduttore a disposizione del Consolato italiano e si era subito messo al lavoro distinguendosi per dedizione e competenza. Il suo compito era tenere il collegamento per conto del console con i comandi tedeschi sia in occasione di incontri personali sia tramite i testi scritti che componeva con l'aiuto della signora Carolina. Nonostante Merci avesse il titolo di capitano, Zamboni qualche volta lo chiamava confidenzialmente il maestro, per via dell'attività di insegnante e di direttore didattico che aveva svolto nelle scuole del Trentino prima dell'arruolamento nell'esercito. Proprio la perfetta conoscenza del tedesco gli era valsa il trasferimento a Salonicco come interprete. Zamboni considerava quell'arrivo una vera benedizione, e così anche Carolina.

«Allora, ci siamo! Purtroppo...» disse Merci entrando deciso nella stanza. Aveva salutato solo con un cenno della testa, come faceva ogni volta che qualcosa lo preoccupava. Non si era nemmeno fermato per i soliti convenevoli con i colleghi giù in cancelleria, era salito direttamente di sopra, con ancora indosso il cappotto.

Zamboni annuì e lo lasciò proseguire. Immaginava a cosa si riferisse.

«I nazisti hanno registrato tutti, ci risulta che abbiano stampato più di cinquantamila carte di identità per gli ebrei. Ogni documento ha un numero che è lo stesso che va trascritto anche su una stella di stoffa gialla da cucire ai vestiti. Hanno bisogno di schedarli, per essere sicuri di non perderne nemmeno uno...»

«Wisliceny in persona ha firmato l'ordine. Le sue intenzioni sono limpide, non credo possano esserci più dubbi. D'altro canto è risaputo che è il braccio destro di Eichmann. Pare che siano amici fraterni, tanto che Eichmann ha dato il suo nome, Dieter, all'ultimo figlio...» commentò Zamboni pensieroso.

Certo, erano chiare le intenzioni: disorientare e spaventare gli ebrei, gettarli in una situazione di panico, farli vivere schiacciati sotto il senso di una minaccia continua e imminente per poi sbarazzarsi definitivamente di loro. Zamboni aveva sentito parlare di Wisliceny prima che arrivasse in Grecia, la sua fama di uomo spietato e crudele lo precedeva in qualunque posto andasse. Non per niente era stato messo a capo del Comando Speciale degli Affari Ebraici di Salonicco. Gli espropri dei beni degli ebrei, che erano iniziati in forma contenuta già da qualche tempo, dopo il suo arrivo si erano inaspriti. Molti proprietari di immobili erano stati rinchiusi in prigione senza motivo e i loro negozi, gli appartamenti, i beni di famiglia erano stati confiscati per ingrassare le casse del Reich. Per essere sicuri di non perdere nulla, i tedeschi avevano ordinato agli ebrei di fare l'inventario, su un modulo prestampato, di ogni bene custodito in casa; un elenco minuzioso che arrivava al numero di posate e utensili presenti in cucina, persino con una stima del loro valore in dracme. Era anche un modo per far capire che da quel momento in poi niente sarebbe più stato di loro proprietà.

Merci sollevò alcuni fogli dalla scrivania di Zamboni, fitti di nomi.

«Sono meno di trecento, su quasi cinquantamila...»

Già dal mese di luglio, in seguito al turbamento che i fatti di Piazza Libertà avevano scatenato in lui, Guelfo Zamboni si era portato avanti e aveva fatto censire tutti gli ebrei di origine italiana residenti a Salonicco. La maggior parte erano commercianti, ma non mancavano impiegati, medici, farmacisti, sarti, autisti, oltre a una quarantina di altri soggetti che risultavano disoccupati. Si era anche premurato di sottoporre quell'elenco alla

Rappresentanza d'Italia per la Grecia, ponendo la questione della loro tutela.

Insieme alla lista dei nomi spuntò tra i fogli anche il telegramma che il ministro degli Esteri in persona, Galeazzo Ciano, aveva spedito da Roma a Zamboni.

Merci ne lesse la chiusa ad alta voce.

> Vi preghiamo di svolgere una azione ferma e adeguata per ottenere che gli ebrei italiani siano salvaguardati nelle loro attività patrimoniali e nelle garanzie personali.

Zamboni l'avrebbe potuto ripetere a memoria tante volte aveva letto quel messaggio nelle sere d'inverno, fissando in solitudine il fuoco del camino, arrovellandosi su cosa potesse realmente fare: i propositi andavano convertiti in vere azioni di salvaguardia e toccava solo a lui intraprenderle.

Assieme a Merci era giunto alla conclusione che l'unica via praticabile fosse incentivare il trasferimento degli ebrei di origine italiana da Salonicco, zona di occupazione tedesca, ad Atene, sotto il controllo dell'esercito italiano e sede dell'Ambasciata italiana in Grecia. Solo in quel modo si poteva avere la garanzia che non sarebbero stati deportati in Polonia, com'era stato disposto per tutti gli altri da una volontà che mostrava ogni giorno di più il suo volto malevolo.

Merci rimise a posto i fogli sulla scrivania, allineandoli per bene.

«Col suo permesso, signor console, tornerei giù a tradurre le pratiche di conferimento della cittadinanza italiana che sono rimaste ancora da evadere, così le posso portare subito ai tedeschi per la loro vidimazione...»

Zamboni annuì. Anche lui aveva molto lavoro che lo attendeva.

Sollevò il telefono e chiese di essere collegato con il Comando militare italiano, era il caso di incontrarsi per coordinare al meglio le attività.

Un ciclone stava per investirli in pieno: per non essere travolti dovevano farsi trovare preparati e, soprattutto, compatti.

Sei aprile millenovecentoquarantatré

Marzo aveva concesso un clima mite, ma soprattutto era passato in fretta. Solo in qualche rara giornata una pioggerellina fine e tiepida aveva lucidato le strade, ma senza infastidire.

Se il clima era stato mite però, la situazione in città si era rapidamente deteriorata. Gli ebrei erano stati definitivamente confinati in tre ghetti, le loro abitazioni e i loro negozi confiscati, tutte le attività bloccate. Senza più lavoro e senza la possibilità di acquistare le poche cose che erano rimaste nei negozi ormai svuotati, la popolazione era alla fame. Le donne faticavano a portare qualcosa in tavola per i pranzi e le cene; lungo le strade di tanto in tanto si vedeva qualcuno cadere per terra, vinto dalla debolezza.

I tedeschi avevano costituito un ghetto in zona Vardar nei pressi delle colline e uno più grande in zona Kalamaria, in città, vicino alla sede del Consolato italiano. Il terzo, che chiamavano Baron Hirsch, in realtà più che un ghetto era un campo di transito: lì venivano concentrati gli ebrei in attesa di salire sui treni nella vicinissima stazione ferroviaria. I convogli partivano con sempre maggior frequenza, carichi di duemilaquattrocento ebrei alla volta, terrorizzati, maltrattati e schiacciati dentro i carri bestiame. A loro era stato detto che erano diretti in Polonia, dove li avrebbero attesi le comunità ebraiche del posto, pronte a ospitarli. Per quel viaggio in tanti avevano anche dovuto pagarsi il biglietto, con i pochi risparmi rimasti.

Anche quella mattina d'inizio aprile, come faceva ormai da tempo, il capitano Merci salì le scale del Consolato che erano appena le sette. Fuori, davanti al cancello, alcune persone si erano già concentrate in attesa. Appena lo avevano visto arrivare, dal marciapiede si erano precipitate su di lui. Aveva faticato a tenerle a bada, a convincerle di attendere che Villa Olga, sede del Consolato, aprisse anche per loro.

Prima di entrare, si fermò un istante sulla scalinata di pietra, davanti alla porta a vetri che consentiva l'ingresso alla cancelleria, e guardò davanti a sé. Era un'alba stupenda, il sole tinteggiava di rosa le poche nuvole disposte a strisce parallele nel cielo ormai pronto a virare dal blu intenso della notte all'azzurro del mattino. Guardò gli uomini e le donne e i bambini che attendevano udienza fuori dal cancello e che aveva cercato di schivare.

I bambini... per un attimo si rivide nella sua scuola, seduto in cattedra, con i piccoli sui banchi a imparare la scrittura e la lettura e il disegno. Sul muro la carta geografica del Regno d'Italia e i disegni con le lettere dell'alfabeto, dalla A di aratro alla Z di zanzara. Ricordò l'inchiostro che sporcava le dita, la consistenza felpata della carta assorbente, i pennini che si spuntavano troppo spesso e la colla che profumava di mandorla quando la si spalmava con il pennellino.

I bambini, uguali dappertutto, a Salonicco come a Trento, non avrebbero dovuto avere altra preoccupazione che imparare e giocare e diventare grandi. Non fare la fila all'alba di fronte a un Consolato.

Sospirò ed entrò chiudendo piano la porta dietro di sé, con la sensazione di fare un torto a chi fuori restava in attesa.

«Già qui?» chiese toccandosi il cappello in segno di saluto.

La signora Carolina era arrivata prima di lui. Si era già tolta il soprabito blu, lo aveva appeso all'attaccapanni di legno, si era sistemata con le mani la crocchia di capelli modellandola perfettamente, aveva stretto in vita la cintura del vestito grigio di flanella che le copriva le ginocchia ed era indaffarata a sistemare i fascicoli. Aveva una straordinaria cura dell'ordine, non c'erano vecchi incartamenti, pratiche sospese, autorizzazioni da rilasciare che le sfuggissero: tutto al suo posto, pronto da trovare quando serviva.

Sulla scrivania la lampada verde era accesa e le illuminava una parte del viso.

Carolina rispose con un sorriso. Le stava simpatico

quell'uomo e nei mesi in cui avevano collaborato era cresciuta fra loro una stima reciproca, persino un affetto che, pur restando nell'ambito professionale, aveva reso spesso piacevole l'intensa mole di lavoro svolta insieme. Ma non parlava troppo con lui, nonostante tutto le metteva un po' soggezione.

«Il console Zamboni?» chiese il capitano Merci.

«È di sopra, nell'appartamento, non ha ancora chiamato ma è sveglio, perché ho sentito i suoi passi per la stanza».

Carolina rispose senza distogliere lo sguardo dal fascicolo dove stava archiviando i telespressi. Negli ultimi giorni se ne erano accumulati alcuni che andavano ancora protocollati; era stata troppo occupata con le altre pratiche e non sopportava di vedere quel disordine nelle comunicazioni.

Era sua abitudine tenere copia di tutti i messaggi che partivano dal Consolato e allegare ad essi le risposte ricevute.

«Ha già visto questi, prima che li archivi?»

La collaborazione con Zamboni era così stretta che non c'erano segreti per lui, anche i documenti più confidenziali potevano essere letti da Merci. Anzi, dovevano.

Carolina gli passò in ordine prima il telegramma diretto alla Regia Ambasciata d'Italia ad Atene e poi la loro risposta.

Il telegramma di Zamboni era di qualche giorno prima, con data 30 marzo 1943. Merci lo scorse velocemente in piedi davanti alla scrivania. Il console informava l'Ambasciata che, secondo gli ordini di Berlino, agli ebrei greci per i quali erano in corso le pratiche per la concessione o il riacquisto della cittadinanza italiana veniva accordato il rinvio alla deportazione. Chiedeva poi delucidazioni riguardo a quali casi concedere la cittadinanza; alcuni erano dubbi, infatti, e per essi potevano darsi diverse interpretazioni. Citava ad esempio il caso delle donne ebree italiane che si erano sposate acquisendo successivamente la cittadinanza greca.

Fin qui niente di nuovo, Merci era pienamente informato della situazione e stava seguendo proprio quelle pratiche di persona. Un passo del telegramma, però, attirò la sua attenzione.

> Si prega farmi conoscere – aveva chiesto il console in chiusura – con possibile sollecitudine per mia norma, data massima urgenza, se domande del genere possono essere accettate, facendo dichiarazioni relative ad Autorità tedesche, largheggiando molto e restando alle Autorità superiori poi fare concessioni benevole nei singoli casi; o se devo attenermi con ristretto criterio, in base a situazioni previste chiaramente dalla legislazione vigente.

Largheggiando molto, era quella l'espressione che l'aveva sorpreso. Non si aspettava di trovarla in un documento ufficiale in uscita dal Consolato.

Insomma, Zamboni aveva avuto il coraggio di chiedere in modo del tutto esplicito l'autorizzazione a fare ciò che in realtà, da tempo, stavano già facendo: offrire la possibilità ad alcuni ebrei di salvarsi dalla fine certa della deportazione.

Carolina gli allungò le poche righe di testo ricevute in risposta dall'Ambasciata.

> Autorizzovi disporre mediante criteri di larghezza per i casi prospettati da vostro telegramma di riferimento. Aggiungo, per notizia vostra, aver comunicato Ministero concessione detta autorizzazione.
> Antonio Venturini (R. Rappresentanza d'Italia, Atene).

Merci sorrise compiaciuto e un po' rinfrancato, prima di restituire i fogli a Carolina.

In quell'esatto momento squillò l'interfono. Carolina rispose.

«Ci chiede di salire?» intuì Merci.

Carolina annuì.

I due salirono al piano superiore, dove risiedeva Zamboni. Bussarono e attesero il permesso del console prima di aprire la grande porta scorrevole di legno lucido.

Zamboni era, di nuovo, alla finestra. Guardava fuori e non si voltò.

«Signor console...» dissero entrambi.

«C'è sempre così tanta gente in attesa...» arrivò in risposta.

I due gli si avvicinarono. Zamboni guardava preoccupato i volti che presto gli sarebbero comparsi davanti; ogni giorno erano di più, con un crescendo negli ultimi due mesi che non si sarebbe mai aspettato. Volti che gli avrebbero chiesto con dignità una via di scampo, altri che l'avrebbero pretesa con la forza della disperazione, altri ancora che l'avrebbero implorata con la rassegnazione propria di chi sa di non potersi più aspettare niente da nessuno.

Dall'alto distingueva bene gli anziani dagli occhi liquidi e incavati, i giovani genitori con lo sguardo piantato nel vuoto e i figli stretti al collo, le vedove vestite di scuro con le mani sulle spalle dei bambini rimasti come unico loro bene, da difendere e proteggere, più della loro stessa vita.

In strada facevano la fila gli ebrei venuti a sottoporre presunte o reali parentele in l'Italia, nuove istanze da istruire e verificare in modo da poter rilasciare i certificati di cittadinanza. Alcune stelle gialle erano note, tornavano a sollecitare le pratiche già avviate che andavano riviste alla luce delle sempre mutevoli disposizioni dei tedeschi. E in mezzo a loro, anche gli italiani non ebrei che chiedevano un nuovo alloggio perché il loro era stato incluso nel ghetto, che aspiravano a entrare in possesso di un negozio di ebrei lasciato libero oppure che cercavano una nuova occupazione avendo persa quella precedente. Tutta gente di cui occuparsi, e prendersi cura.

Per Zamboni, voci da ascoltare e comprendere, storie da ricostruire, autorizzazioni da concedere o negare, comunicazioni da inviare all'Ambasciata ad Atene e al Ministero a Roma.

Per Merci lettere da scrivere e da portare ai tedeschi, trattative da intavolare con loro, discussioni formali, ma decise, per far valere gli interessi e le ragioni degli italiani.

Per la signora Carolina nuovi moduli da compilare, pratiche da istruire, da battere, seguire e archiviare con precisione.

Nella testa di tutti e tre, però, riecheggiava un verbo: *largheggiare*. Anzi, *largheggiare molto*. Andava coniugato con intelligenza, per non esporsi troppo ai sospetti dei tedeschi, e applicato con prudenza, per non rovinare tutto e farsi legare definitivamente le mani.

I tre si guardarono un istante fra loro, con intensità, i volti scaldati dal tepore del primo sole che si era ormai levato e filtrava dai vetri della finestra. Era il loro modo per dirsi siamo pronti, cominciamo.

Su invito di Zamboni Carolina corse giù in giardino ad aprire il cancello di ferro, non senza prima essersi messa il soprabito blu e averlo stretto in vita chiudendolo bene con le mani mentre scendeva svelta le scale di pietra del Consolato. Non faceva freddo, ma una signora per bene non poteva uscire con solo il vestito indosso.

Una piccola folla attendeva impaziente, ma trattenuta da un innato senso di dignità e anche dal timore di compiere un passo falso verso quella che rappresentava l'unica possibile via di salvezza. Carolina aprì il cancello e nessuno spinse, nessuno si accalcò; le persone attesero che lei muovesse qualche passo verso il giardino per seguirla composte sulle scale del Consolato. Si accomodarono poi nella sala da lei indicata con un elegante cenno della mano in attesa di essere chiamate in ordine di arrivo.

«Venga pure» scandì ad alta voce la segretaria una volta raggiunta la sua postazione e il primo uomo mise piede nella cancelleria quella mattina.

«Si accomodi pure».

Ci fu bisogno di invitarlo, altrimenti sarebbe rimasto in piedi davanti alla scrivania con il cappello in mano e gli occhi bassi.

«Si sieda e mi dica come possiamo aiutarla» ripeté Carolina. Il suo tono dolce aveva il dono di mettere a proprio agio chi parlava con lei.

«Mi chiamo Isaac Kamòn e sono venuto a chiedere la cittadinanza italiana per la mia famiglia» disse l'uomo lentamente, ma fu necessario schiarire la voce a metà della frase per farsi sentire. Le parole gli si impastavano in bocca.

La donna lo fissò e si dispose ad ascoltare una storia già sentita decine di volte, soprattutto negli ultimi tempi, soprattutto da quando era circolata con insistenza la voce che gli ebrei di cittadinanza italiana potevano trasferirsi ad Atene con i treni dell'esercito italiano e da lì scampare alla deportazione in Polonia.

Carolina prese un foglio prestampato dal primo cassetto della scrivania e iniziò le sue domande.

«Nome».

«Isaac».

«Cognome?»

«Kamòn».

«Patronimico e matronimico».

«Aaron e Lina».

«Nato?»

«Il 2 dicembre 1893, a Salonicco».

«Sposato con?»

«Izabela Matarasso, figlia di Samuel e Allegra».

«Figli?»

«Due» disse d'impeto l'uomo, prima di correggersi quasi immediatamente. «No, cioè... uno».

«Che cosa devo scrivere sul modulo?» chiese Carolina con pazienza; un figlio era molto più che un numero su un modulo.

«Uno, scriva uno. Mio figlio Chaim è partito per i lavori forzati, ma non è più tornato... Con noi ora vive solo Yosef. Lui ha quindici anni, è del '27».

«E come possiamo aiutarvi?»

Carolina si tolse gli occhiali da vicino per poterlo guardare negli occhi.

«Vorremmo richiedere la cittadinanza italiana, e avere la possibilità di partire per Atene...»

Carolina sospirò e appoggiò gli occhiali sulla scrivania. Era la parte più dura che l'aspettava.

«Vede, dovremmo essere in grado di dimostrare dei legami con l'Italia, per concederla...»

Usò il condizionale apposta. Non voleva chiudere la cosa ma neanche alimentare troppo facili speranze: la delusione sarebbe stata tremenda. Aveva avuto sì disposizione che bastassero dei legami anche molto tenui, ma qualcosa doveva pur esserci.

L'uomo alzò la testa e la guardò perplesso. Come se non capisse.

«Sua moglie e lei non siete nati in Italia, ho visto. Avete almeno origini nel nostro Paese? Non so, i suoceri, i suoi genitori...»

La faccia impassibile, quasi di cera, del signor Isaac era già una risposta.

«Mi aiuti, la prego. Io devo motivare l'inizio delle nostre indagini e l'eventuale rilascio dei lasciapassare...»

Come risvegliato da un torpore il signor Isaac tentò una strada improbabile.

«I miei bisnonni forse... forse erano di Trieste. Credo...»

Carolina sospirò, rimise gli occhiali e riempì il modulo con quella dichiarazione, senza commentare. Un altro tentativo disperato, evidentemente.

«Le faremo sapere non appe...» provò a congedarlo nel modo più comprensivo possibile, ma la frase fu interrotta dalle urla del console Zamboni nell'atrio del Consolato.

«Lei resti qui!» gli intimò decisa, poi si alzò veloce per andare a controllare. Si era allarmata, raramente aveva sentito il console alzare la voce in quel modo. Le poche volte in cui aveva perso la pazienza c'era sempre stata di mezzo qualche grana con i tedeschi.

«Mi state rovinando la piazza. Lo capite che così mi bruciate?»

Il tono di voce di Zamboni era così alto che persino le guardie di stanza al cancello si erano precipitate dentro per verificare che la situazione fosse sotto controllo.

Il console, bloccato sugli ultimi gradini delle scale, era circondato da quegli stessi ebrei che erano stati così tranquilli con la segretaria poco prima in giardino. Alla vista di chi consideravano alla stregua di un salvatore, la loro temperanza aveva improvvisamente ceduto, si erano messi a implorarlo con foga, qualcuno si era anche gettato ai suoi piedi. Zamboni era imbarazzato e infastidito da quelle manifestazioni che si ripetevano sempre più di frequente; ne comprendeva le ragioni, certo, ma così diventava tutto più difficile.

Lucillo Merci era al suo fianco sulle scale e assisteva silenzioso alla scena.

«State andando a dire a tutti che con i nostri lasciapassare si evita la partenza per la Polonia. In giro non si sente parlare d'altro, anche nei bar e nei caffè: fatti dichiarare cittadino italiano e potrai andare ad Atene, lì sarai al sicuro! Voi mi state bruciando con i tedeschi, capite che così facendo mi legate le mani? Presto non potrò più fare nulla per nessuno di voi...»

Il console aveva davvero perso la pazienza, tanto che rinunciò a uscire e tornò a richiudersi di sopra. Sbatté così forte la porta scorrevole da farla vibrare tutta e uscire dai binari. Scese di colpo un gelo imbarazzato, tutti si ritirarono veloci nella sala d'attesa limitandosi a borbottare fra loro, forse pentiti di avere esagerato.

Merci, rimasto solo sulle scale, lanciò un'occhiata a Carolina. Bastò per farle intendere che c'erano altri motivi per cui il console era così irritato e aveva perso le staffe. Non si trattava solo delle richieste pressanti degli ebrei.

«Siate più discreti, per favore. Fate tesoro di ciò che vi

ha detto il console. Mi raccomando: passate parola anche agli altri e non esagerate, sarà più facile per tutti. Fatelo per noi, ma soprattutto per voi...» li esortò prima di uscire dal Consolato. Il suo tono di voce era buono e comprensivo, ma anche deciso e autorevole.

Carolina attese che la porta a vetri si richiudesse per fare ritorno dall'uomo che aveva lasciato in sospeso. Era ancora immobile sulla sua sedia.

«Mi stava dicendo? Ah sì, e dove abita ora?»

«Al momento stiamo presso la famiglia Molho, in via Karaiskaki, nel ghetto di Kalamaria dove ci hanno trasferito. Loro sono il signor Moshe Molho e sua moglie Stella, hanno anche una figlia, Hanna, della stessa età del nostro Yosef. So che anche loro hanno già fatto domanda di cittadinanza italiana, sa, Hanna frequenta l'Umberto I, la scuola italiana...»

«Guardi che non è sufficiente andare in una scuola italiana per diventare cittadini italiani, è bene precisarlo...» sospirò, quasi dispiaciuta.

Prese il foglio appena compilato, lo infilò in una cartelletta di cartoncino azzurro e ci scrisse sopra Famiglia Kamòn, con la matitona rossa. Sotto, la data di apertura della pratica. Si congedò poi dal signor Isaac rassicurandolo che avrebbero fatto il possibile per lui e la sua famiglia e che si sarebbero fatti vivi appena ci fossero state notizie.

Esitò un attimo prima di chiamare un'altra delle tante persone in attesa. Iniziava a sentirsi appesantita dalle storie che raccoglieva e dagli sguardi della gente che sedeva davanti a lei. A volte se li sognava anche la notte.

Ciò che aveva tanto innervosito Guelfo Zamboni era stata la chiamata del capitano delle SS Dieter Wisliceny. Pareva avesse necessità di comunicargli un fatto molto grave che li riguardava da vicino: aveva chiesto di parlare con la massima urgenza con l'interprete Merci, presso la sede delle SS. Il tono non prometteva nulla di buono. Da qualche tempo i tedeschi avevano cominciato ad esercitare forti pressioni sul Consolato, e lo facevano ormai in modo sistematico e sempre più sgradevole.

Lucillo Merci arrivò a piedi all'edificio della Gestapo in via Belisario 42, una villa recintata e pattugliata trasformata in un fortino inaccessibile a chiunque non fosse atteso o non avesse uno speciale permesso di entrata. Non aveva corso lungo il tragitto, anzi per raggiungerla ci aveva impiegato più del dovuto. Fare da tramite fra i tedeschi e gli italiani era il suo lavoro, eppure quel posto lo metteva a disagio e ci andava di malavoglia. Nemmeno l'urgenza di quell'ultima convocazione e la reazione del console erano state sufficienti per sveltirgli il passo quanto sarebbe stato necessario.

Nella villa era stata posta la sede del cosiddetto Commando Rosenberg delle SS che aveva la precisa missione di risolvere la questione ebraica a Salonicco. Lì si decidevano le sorti degli ebrei di ogni nazionalità – greci, italiani, spagnoli, portoghesi, svizzeri, argentini – senza distinzione; si diceva anche che nelle sue cantine venissero effettuati violenti interrogatori e torture, assieme a delle esecuzioni sommarie. Merci c'era entrato per la prima volta qualche settimana prima, e conservava ancora vivo il senso di disagio che l'aveva colto: ogni dettaglio parlava della megalomania di Wisliceny. In quella villa, sequestrata a un ricco ebreo, il comandante delle SS si era fatto ricostruire un vero giardino tropicale: ovunque regnava un'opulenza di cattivo gusto, un'esagerazione pacchiana che tanto stonava con la povertà in cui era stata fatta precipitare la città.

Dieter Wisliceny, noto come il Barone per via della sua appartenenza a una antica e nobile famiglia prussiana, si faceva anche vanto della sua straordinaria eleganza e della cura maniacale per le divise che voleva sempre perfettamente pulite e stirate. Fanatico e narcisista, era un soggetto da cui conveniva stare lontani.

Per strada Merci si era ripetuto nella mente le raccomandazioni che Zamboni era solito indirizzargli: "Prudenza, prudenza e prudenza, se lo ricordi sempre. Prudenza anche nel parlare: dica poco, lo stretto necessario, non una parola di più, e soprattutto ascolti, senza esprimere giudizi affrettati..." Il console era una vera scuola di diplomazia per lui.

Wisliceny lo stava già aspettando. Gli parlò in piedi, nel suo ufficio, senza neanche proporgli di accomodarsi, sbrigativo e supponente come la prima volta in cui si erano incontrati. Strizzato nella sua impeccabile divisa dai bottoni lucidissimi, con il volto unto e rubizzo, entrò subito in argomento.

«I soldati italiani appartenenti alla 40ª Base Militare si avvicinano al ghetto...»

Merci lo guardava fisso cercando di intuire dove volesse arrivare con il suo discorso.

«... ma ciò che non è accettabile è che in mezzo alla strada abbracciano le ragazze ebree!»

Ah, di questo si trattava...

L'interprete conosceva molti di quei giovani soldati e se si fosse trovato in un'altra sede, non in quella della Gestapo e soprattutto non davanti a Wisliceny, ci avrebbe persino riso su.

Nessun commento e nessun giudizio affrettato, si impose invece Merci.

Durante la pausa Wisliceny si era intanto sistemato il ciuffo che gli si era appiccicato storto sulla fronte. I capelli erano separati sul lato destro da una riga tracciata con precisione millimetrica. Tra le mani stringeva una matita nera con cui giochicchiava nervoso.

«E non si limitano a quello: si recano anche nei pressi della stazione ferroviaria, fermano le giovani ebree in partenza sui convogli per la Polonia, le prendono per mano e le baciano. Davanti a tutti. Patetici soldatini italiani! Sventolano pure i fazzoletti, in segno di saluto! Riferisca al console di far terminare subito queste ridicole manifestazioni che disonorano il vostro corpo militare, anzi *ogni* corpo militare, e che costituiscono un affronto verso tutti gli uomini di razza ariana».

E con le mani spezzò in due la matita.

Fuori dalla logica delle SS quel discorso sarebbe stato assurdo, al limite del ridicolo: il grave problema diplomatico e militare per cui era stato convocato con la massima urgenza di mattino presto erano dei giovani uomini che baciavano delle ragazze? Le intere sorti del Reich sarebbero dunque dipese da quei comportamenti, minacciate da una serie di effusioni? Ma tutto il contesto era assurdo, a partire da quell'improbabile giardino tropicale che li circondava e li estraniava dal mondo. Ogni discorso in quel luogo diventava effettivamente possibile, perdeva ogni logica, smarriva ogni buon senso. Non ci si poteva stupire di niente.

Wisliceny era veramente accecato. Gli si leggeva in faccia la lucida follia che lo possedeva. Lo sguardo allucinato, lo strano taglio all'ingiù della bocca fissata in una smorfia eterna, le orecchie troppo basse e a sventola lo facevano assomigliare a una maschera inquietante e scoraggiavano ogni sorta di discussione con lui che non fosse strettamente inevitabile.

«Riferirò prontamente al signor console» si limitò a rispondere Merci. Non trovò altro che fosse conveniente dire. Tenne ovviamente per sé che era perfettamente al corrente della situazione che gli era stata descritta; anzi aveva avuto occasione di vedere con i suoi occhi alcuni ufficiali italiani accompagnare sottobraccio delle ragazze ebree in stazione, spacciandole come loro spose in modo che potessero partire verso Atene. Facevano persino indossare loro delle catenine con la croce, come fossero cristiane.

Quell'umanità andava preservata a ogni costo, contro l'ideologia che voleva annientarla.

«Con permesso, signor console, chiedo di poterle raccontare...»

Lucillo Merci rimase in piedi in attesa del permesso di sedersi davanti alla scrivania. L'invito a farlo arrivò subito dal console con un gesto della mano accompagnato da un sorriso, cordiale ma al tempo stesso nervoso. Nel mentre sollevò il telefono per parlare con la segretaria.

«Non mi passi le chiamate. Non voglio essere disturbato per nessun motivo, grazie».

Zamboni attendeva il rapporto di Merci con ansia, gli aveva infatti chiesto di essere informato su come avvenisse la deportazione degli ebrei che procedeva a ritmo sostenuto. Circolavano voci sempre più inquietanti al riguardo.

«Le persone che sono state convocate per partire vengono fatte tutte transitare dal campo Baron Hirsch. Sono riuscito ad andare là anch'io e ho potuto rendermi conto del modo in cui vengono trattate. Innanzitutto gli ebrei vengono ammassati, nella sinagoga o in una scuola del quartiere, a gruppi di duemila per volta, anche duemilaquattrocento. Sono invitati a portare con sé un bagaglio di massimo venti chili che poi però devono abbandonare, perché non glielo fanno portare dietro. Vengono privati di tutti gli averi...»

Zamboni si spostò in avanti sulla sedia e appoggiò i gomiti sulla scrivania, sorreggendosi la faccia con le mani.

«Non fanno distinzioni. Uomini, donne, bambini, malati vengono prelevati dalle case e scortati dai soldati tedeschi e da quelli greci alla stazione ferroviaria dove sono invagonati...»

Invagonati, quel termine colpì molto il console, tanto che lo ripeté, come fra sé e sé.

«Invagonati...»

«Sì, vengono caricati sui carri bestiame, spinti, accalcati, fino a ottanta in ogni vettura. Una tragedia... Famiglie smembrate, genitori separati a forza dai figli che piangono e più piangono più vengono isolati e battuti. Ho assistito a incredibili scene di dolore, faceva male solo stare a guardare. Io non credo che con cinque o sei giorni di viaggio in quelle condizioni, accalcati, senza viveri e senza aria, senza potersi nemmeno sdraiare, possano arrivare tutti vivi. E poi è sempre più forte la convinzione che al loro arrivo vengano uccisi lo stesso...»

In fondo Merci stava confermando ciò che già il console sospettava. Le comunità ebraiche polacche che avrebbero dovuto aspettarli alla fine del viaggio, le miniere in cui lavorare, la vita che avrebbe potuto riprendere altrove non erano che una gigantesca menzogna.

Molti ebrei sembravano credere a quella versione ufficiale. Qualcuno che aveva intuito il suo destino aveva già provato a scappare, ma la maggior parte preferiva seguire più un'ostinata speranza che l'evidenza dei fatti.

«Dobbiamo fare di più» il proposito di Zamboni gli uscì di bocca perentorio

«Sì, dobbiamo portare in salvo tutti gli ebrei italiani, senza perderne nemmeno uno».

«Gli italiani, certo, ma non solo...»

Merci lo guardò con profonda ammirazione. Aveva capito perfettamente.

«Sono con lei, signor console, ritengo anch'io che non possiamo stare a guardare. Abbiamo un'unica arma nelle nostre mani: la burocrazia! Ci proveremo con i nostri certificati di cittadinanza e i lasciapassare verso Atene. Lei sa di avermi al suo fianco, in piena fedeltà...»

Zamboni sapeva di che pasta fosse fatto l'uomo che era stato assegnato al Consolato, ma sentirgli ribadire la sua disponibilità lo rese ancora più fiero di avere un collaboratore così. Non era affatto scontato il suo assenso, si stavano mettendo su una strada pericolosa, imboccata la quale non ci sarebbe stato ritorno.

«Ci hanno detto che possiamo larggheggiare e lo faremo. Possiamo salvare gli ebrei italiani? E allora li dichiareremo tali. Io sono l'unico in questo posto ad avere l'autorità di dire chi è italiano e chi non lo è, nessun altro può intervenire su questo. Che ci provino a dire che chi dichiaro italiano non lo è! Decido io chi è italiano! Se non lo posso dire io che sono il console, possono forse dirlo loro che sono tedeschi? Nei casi in cui mancheranno le documentazioni necessarie, provvederemo a emettere dei certificati *provvisori*. Che intanto riescano a trasferirsi ad Atene e a mettersi in salvo... ci penseranno poi le autorità dell'Ambasciata a fare gli accertamenti necessari».

Merci sorrise, compiaciuto di tanta determinazione. Era pronto ad avvallare ogni scelta del console.

Incluse quelle che avrebbero comportato un rischio per loro stessi.

Incluse quelle che avrebbero reso italiano chi italiano non era mai stato.

Ventisette aprile millenovecentoquarantatré

Il console Zamboni convocò con urgenza Lucillo Merci, di primo mattino. Era stato informato che le autorità militari tedesche non permettevano la partenza verso Atene di un gruppo di ebrei italiani. Eppure era stato tutto predisposto per tempo e con cura. I certificati di cittadinanza erano stati emessi, i tedeschi avevano ricevuto in anticipo la lista come da protocollo e la tradotta militare era arrivata dall'Italia in orario.

Stavolta Merci si precipitò alla stazione di corsa. Erano alle solite: i nazisti ci stavano riprovando.

Si era già occupato di quelle stesse persone cinque giorni prima quando era successa la medesima cosa: proprio al momento di salire sul treno erano state bloccate e trattenute a Salonicco.

I tedeschi guardavano a quelle partenze con sempre maggior sospetto, odiavano vedersi sfilare dalle mani gruppi di ebrei che per la loro logica erano destinati alla deportazione e non certo al trasferimento ad Atene sotto la protezione complice degli italiani. Appena potevano ignoravano gli accordi e creavano apposta dei disguidi. In quel modo erano già riusciti a caricare sui treni per la Polonia almeno una ventina di ebrei in possesso di regolari certificati di cittadinanza italiana che per nessun motivo avrebbero dovuto subire la deportazione. Le trattative diplomatiche per provare a riprenderli erano state immediatamente attivate dal Consolato, ma nessuno ci contava davvero. Partire significava non tornare più.

Per questo bisognava fare di tutto perché quelle situazioni non si ripetessero.

Diventerà sempre più dura, si disse Merci mentre procedeva verso la stazione con sotto braccio tutti i fascicoli relativi al gruppo di italiani in partenza. Fra un po' non ce lo permetteranno più, pensò con dispiacere e un pizzico di preoccupazione, anche per sé.

In stazione trovò il comandante Brunner delle SS. Anch'egli un fedelissimo di Adolf Eichmann che tra l'altro lo considerava uno dei suoi uomini migliori, degno della massima fiducia e stima.

Brunner non si stupì di veder comparire Merci: non aveva dubbi che sarebbe intervenuto qualcuno del Consolato.

«Questi ebrei non hanno il permesso di partire. Lasciateli giù e il treno avrà il via libera per Atene. Non ci saranno altri problemi» ordinò con un tono secco e deciso indicando le donne e gli uomini ammassati accanto ai binari, tenuti a bada con le armi.

Merci era ormai abituato a quei modi di fare, non lo intimorivano. In simili circostanze aveva imparato che non poteva essere morbido, l'animo del maestro doveva soccombere a quello del capitano. Non si trattava più di una trattativa diplomatica, ma di una prova di forza fra militari.

«Tanto per iniziare abbassate le armi dai cittadini italiani».

«Dovete provare che questi ebrei sono anche cittadini italiani. Non ne siamo affatto convinti, noi» rispose Brunner con un sorrisino.

«Voi abbassate le armi e noi ve lo proveremo. Ho qui con me tutte le carte in regola, non ci sono problemi: potrete esaminarle con lo zelo che vi contraddistingue e che continuate a dimostrarci».

Merci non aveva intenzione di demordere. Si era anche concesso un po' di ironia, tanto nessuno dei presenti probabilmente l'avrebbe colta.

Di malavoglia Brunner diede ordine ai suoi di abbassare le armi, ma che restassero comunque di guardia perché i prigionieri non scappassero. Poi gli ufficiali si spostarono all'interno della stazione, in un ufficio dalle ampie vetrate.

A uno a uno vennero chiamati gli ebrei, e tutta la documentazione fu nuovamente esaminata. I nazisti, che non erano disposti a mollare su nulla, misero in atto ogni possibile forma di ostruzionismo attaccandosi a mille cavilli e stupide inezie.

Ci vollero più di tre ore di trattative perché alla fine le persone riuscissero a partire con il treno, ma solamente in diciotto. Per Modiano Dario e Sam Navarro non ci fu nulla da fare, furono costretti a rimanere a Salonicco. Il primo aveva una causa aperta in tribunale nei suoi confronti, e ciò ne rendeva davvero impossibile la partenza, il secondo, invece, dopo l'attento riesame del suo fascicolo, risultò essere a tutti gli effetti un suddito greco.

Non sempre largheggiare funzionava.

3
Il ghetto

CIÒ CHE NESSUNO PUÒ TOGLIERTI

Il primo treno era partito il quindici marzo. Hanna e Yosef lo avevano segnato sul taccuino dalla copertina nera. Lo avevano trovato sotto il bancone di una cartoleria di via Vasilissis Olgas, uno dei tanti negozi di ebrei che erano stati saccheggiati delle loro mercanzie e lasciati abbandonati.

Stava bene in tasca il taccuino, aveva la dimensione giusta per non farsi notare da occhi indiscreti.

Dopo il primo convoglio del quindici marzo ne era seguito un altro il diciotto, poi uno il venti, uno il venticinque e via così anche per l'intero mese di aprile. In tutto avevano già segnato tredici partenze. Sul taccuino una linea in matita divideva i fogli in due, la colonna di destra indicava solo la data di partenza, l'altra, decisamente più larga, conteneva i nomi delle persone di loro conoscenza che avevano già lasciato Salonicco. Con il primo treno era partita la famiglia del signor Baruch, che aveva fatto il panettiere per tanti anni e aveva appena messo il figliolo in bottega; quella del signor Jakar che vendeva terrecotte nel negozio all'angolo di via Langada; la signora Regina con la figlia Rachel che andava alla Umberto I come Hanna e la famiglia Tzadock il cui figlio Jaakov era invece compagno di Yosef alla scuola ebraica. Abitavano tutti in zona Baron Hirsch. Le partenze erano iniziate proprio da lì. Con i primi treni l'intero quartiere era stato completamente svuotato. Incredibile quanto dovessero essere pieni.

Con il passare delle settimane anche il taccuino si era riempito, si era via via infittito di nomi di persone note ora all'uno, ora all'altra o a entrambi, tanto da lasciare solo qualche pagina libera. Però adesso avevano smesso di scrivere. I nomi non ci stavano più, erano troppi e non aveva nemmeno più senso segnarli. Era ormai chiaro che prima o poi tutti gli ebrei di Salonicco sarebbero stati parte della lista. Così di quell'ultimo convoglio in partenza avevano deciso di segnare solo la data, primo maggio 1943, e null'altro.

Hanna e Yosef ormai conoscevano a memoria la sequenza di eventi che si ripeteva a ogni partenza, sempre uguale a se stessa, con una metodicità tanto perfetta quanto spaventosa. Un po' erano informazioni che giravano nei ghetti, suscitando sempre l'incredulità dei più ottimisti, un po' le avevano raccolte di persona andando a vedere i treni con i loro occhi. Se i genitori lo avessero saputo non glielo avrebbero mai permesso, era pericoloso avvicinarsi alla zona della stazione.

Chi doveva partire veniva allertato solo il giorno prima; talvolta il preavviso era solo di qualche ora. Poteva portarsi dietro non più di venti chili di bagaglio, tutto il resto andava lasciato nelle case. Assurdo: quale essere aveva deciso che fosse proprio venti chili il peso di un'intera esistenza? Come si poteva far stare tutta la vita dentro due valigie?

Le poche dracme ancora in tasca venivano utilizzate per pagare il biglietto del treno e l'eventuale resto andava convertito in zloty. Sarebbero serviti per vivere a Cracovia, la destinazione annunciata del viaggio, dove li avrebbe accolti la comunità ebraica polacca. Anche il rabbino Koretz aveva assicurato che sarebbe andata così. Girava voce che là esistessero delle miniere in cui lavorare, così da potersi guadagnare il pane e iniziare una nuova vita.

I convocati non andavano però direttamente in stazione, prima venivano concentrati nel quartiere del Baron Hirsch, quello svuotato per primo, che funzionava come campo di transito. Da lì erano infine scortati in colonne fino alla vicina stazione.

Hanna e Yosef li avevano visti più volte sfilare da lontano, dalle finestre di un palazzo abbandonato dove erano soliti nascondersi. Le strade della zona erano diventate impraticabili, pattugliate giorno e notte dai soldati armati nelle loro camionette. La gente era terrorizzata, bastava niente per ritrovarsi sbattuti dentro la colonna diretta al treno, in mezzo ai deportati, senza poterne più uscire, né avvisare i propri cari. Si spariva e basta, senza lasciare traccia, come se non si fosse mai esistiti. Tutti sapevano che conveniva stare lontani da quel posto. E nessuno, infatti, osava più avvicinarsi.

Eppure loro due ci andavano lo stesso. Era una specie di sfida. Era il loro modo per non cedere, per dirsi esistiamo ancora, per dimostrare una volontà che i tedeschi non potevano spezzare. Ma era anche la smania di vedere di persona cosa accadeva. Non bastavano più i racconti agli angoli nelle strade del ghetto, le mezze frasi pronunciate la sera di nascosto dopo che i più piccoli si erano addormentati, gli sguardi cupi e mesti svuotati di parole. No, loro volevano vedere e sapere e capire.

Seduti sul pavimento, con le schiene appoggiate al muro, si guardavano intorno. La porta era stata divelta, i vetri alle finestre rotti, sulle pareti si distinguevano i segni di una raffica di proiettili. Entrando avevano calpestato i resti di un quadretto a punto croce. Le impronte degli stivali lasciavano ancora intravedere *Mazel tov* ricamato da una mano incerta, come di bambina. Buona fortuna suonava come una beffa, in quella situazione.

Che impressione le case saccheggiate e abbandonate. Tutto il loro buono era stato portato via, come la carne succhiata da un osso; restava solo lo scheletro, duro, freddo, inservibile.

Hanna si voltò verso Yosef che silenzioso esplorava con lo sguardo l'appartamento in cui si trovavano, al terzo piano, in fondo al corridoio a destra. Non erano mai entrati lì prima.

Nel poco tempo in cui si erano conosciuti era cambiato il mondo. Salonicco non era più la stessa. I negozi erano quasi tutti spariti, non c'era più lavoro, regnava la fame, non si poteva più uscire, nemmeno prima del coprifuoco delle diciassette. La paura e l'angoscia avevano steso un velo nero su tutto e su tutti. Era cambiato il mondo, ma non solo. Anche Yosef era cambiato. Con il passare delle settimane, in modo impercettibile, si era trasformato. L'aveva quasi superata in altezza, si era irrobustito e gli erano pure spuntati dei buffi baffetti sotto il naso che non aveva ancora provato a tagliarsi e che conservava con un malcelato orgoglio. Ogni tanto ci passava su le dita, come per rassicurarsi che ci fossero ancora.

Senza che Hanna se ne accorgesse quel ragazzo aveva iniziato a interessarle. Anche questo era accaduto giorno dopo giorno, con naturalezza, senza forzature da parte di entrambi. Non trovava il coraggio di ammetterlo a se stessa, se non qualche rara volta che si fermava a pensarci su, soprattutto la notte, prima di addormentarsi; figurarsi se glielo avrebbe mai confessato. Ma forse non serviva nemmeno, sarebbe rimasto un segreto da custodire nel cuore: in fondo a lei bastava così, il solo saperlo la rendeva felice.

Per separarli durante la notte i genitori avevano spostato nel corridoio il letto di Andreas, che era diventato di Yosef. Solo da poco lei si era accorta che non le era indifferente guardarlo mentre si preparava per andare a dormire. E anche lui doveva provare qualcosa di simile, lo testimoniavano certe occhiate che Hanna aveva intercettato dalla sua stanza; l'avevano un po' imbarazzata, ma pure lusingata. In quei casi chiudeva la porta, e restava a sorridere da sola mentre si pettinava seduta sul bordo del letto, con il camicione ricamato a fiori. Anche Yosef sorrideva, dall'altra parte della porta, e si esercitava di nascosto con i piegamenti per avere qualche muscolo in più il giorno dopo e sentirsi più forte nel caso avesse dovuto difenderla.

«Che cosa ci sarà stato appeso lì?»

Yosef teneva lo sguardo fisso alla parete di fronte dove gli spazi più chiari suggerivano la presenza delle cornici. Sotto, per terra, erano cadute delle schegge di vetro.

«Fotografie» rispose di getto Hanna.

«Lo credo anch'io».

«Là, il ritratto della famiglia riunita con i figli e i nipoti. Più a destra quello del Bar Mitzvah del figlio maggiore. In quella piccola, in basso, la vecchia foto del matrimonio dei genitori...» Hanna seguiva con l'indice i segni sul muro.

«I ricordi, a questa famiglia hanno portato via anche i ricordi. Sono dei bastardi» urlò Yosef con rabbia. E sferrò un pugno sul pavimento.

Un nugolo di polvere grigia si sollevò leggero.

Hanna sussultò, prima di ribattere.

«No, ti sbagli: i nazisti ci potranno togliere tutto, ma non i ricordi, e nemmeno la voglia di raccontarli, di condividerli con chi amiamo. Possono rimuovere le foto, distruggere i quadri ricamati con amore, nasconderci i libri, portare via gli oggetti delle nostre vite, ma non possono impedirci di pensare e di ricordare, almeno finché siamo vivi...»

Yosef spostò lo sguardo dal muro a lei. Ammirava quella ragazza, così diversa da lui. Se le brutture che accadevano lo stavano rendendo sempre più rabbioso e duro, tanto che a volte temeva di non riuscire a controllare le sue reazioni, su di lei invece sembrava esercitassero il potere contrario, la rendevano più forte, e più saggia.

«Dai, raccontami il tuo ricordo più felice, quello che nessuno potrà mai rubarti» gli chiese Hanna all'improvviso.

Parlarsi. Anche quello nessuna ordinanza lo poteva impedire. Lo facevano con gusto, di continuo, come un passatempo di nuova scoperta, parlavano di tutto e con sincerità. Con più sincerità di come avrebbero mai potuto fare prima che il vento cambiasse; ormai non c'era più niente che avessero paura di dirsi. Tranne che i segreti del cuore.

Yosef chiuse gli occhi qualche istante, per riflettere. Che domanda strana... il ricordo più felice.

«La bici. Avevo sette anni» esordì sorprendendosi lui stesso del fluire di immagini che avevano iniziato a scorrere libere nella sua mente.

Hanna rimase in ascolto.

«I miei genitori me l'avevano promessa da tempo, la desideravo tantissimo. L'aspettavo come regalo all'inizio di dicembre, per il mio compleanno, ed ero sicuro che sarebbe arrivata puntuale. Qualche settimana prima, però, mi dissero che non aveva senso comprarla d'inverno, non avrei potuto andarci in giro con quel freddo. Così non arrivò. Attesi tutto l'inverno e anche tutta la primavera. Ogni giorno speravo di trovarla in casa e poterla inforcare per andare in giro assieme ai miei amici, ogni notte la sognavo.

Gli aranci lungo le strade si erano intanto riempiti di fiori bianchi e finalmente il loro profumo annunciava l'arrivo della buona stagione. Era forse arrivato il momento.

Poi anche i fiori caddero a terra, e non era lo stesso il momento.

Non era *mai* il momento. Allora mi venne il dubbio che non l'avrei mai avuta. Non era che non me la volevano comperare, forse non *potevano* comperarla e non osavano dirmelo. Cercai di mettermi l'animo in pace, senza più insistere, ma la notte continuavo a fantasticare.

Quando la civetta accovacciata sul tetto vicino mi teneva sveglio con i suoi schiamazzi, io fissavo la luna e nelle sue ombre vedevo correre una bicicletta, su e giù per i crateri. E là sopra c'ero io.

Una mattina di fine giugno mia madre mi venne a cercare alla spiaggia, tutta trafelata. Strano, non scendeva mai fino a lì. Io ero in acqua, lei agitava le braccia e mi chiamava Yosef, Yosef! Che c'è? le chiesi. Vieni, devi vedere subito una cosa. Io non ci pensavo più alla bici, te l'ho detto: mi ero rassegnato a fare senza. Sono uscito dall'acqua e sono andato a casa tutto gocciolante, dietro mia madre che non diceva una parola, ma camminava svelta. Ci siamo anche fermati a comprare della frutta dal signor Israel e io friggevo perché non capivo cosa stesse succedendo. Avevo paura che avessero scoperto una bugia che avevo detto qualche giorno prima, mi ero inventato il mal di pancia per non fare i compiti, ma era roba vecchia, e forse neanche così tremenda: possibile fosse venuta fuori solo allora?

Quando sono arrivato a casa, mio padre le stava accanto e la teneva con la mano destra. Me la mostrò orgoglioso come fosse un suo trofeo. Rossa. La mia prima bici, rossa e meravigliosa. Io che l'avevo attesa e sognata tanto da non desiderarla quasi più, me la sono trovata davanti all'improvviso. E mi sono commosso, ho abbracciato mio padre e mia madre, non sono nemmeno riuscito a dire quanto fossi felice. Mio padre l'ha fatta scivolare nelle mie mani. Posso? gli ho chiesto. Avevo fin paura di toccarla. Lui ha fatto sì con la testa e sembrava più commosso di me, poi sono volato via fino alla Torre Bianca e andavo così veloce che l'aria mi gonfiava la maglietta e salutavo tutti e gridavo guardate la mia bici nuova com'è bella. Ho oltrepassato la torre, e sono sceso giù fino al porto. Quel giorno in strada, più veloce dei carri che superavo con facilità, ho pensato che avrei potuto arrivare ovunque, che niente mi avrebbe più fermato...»

Yosef arrestò di colpo il racconto del suo ricordo. Gli si era gelato il sangue.

Dai vetri rotti della finestra era penetrata nella stanza la frase dura di un soldato tedesco, di pattuglia in zona. Il rimbombo aveva dato l'impressione che fosse stata pronunciata proprio lì. Seguì uno sparo, e un altro ancora. Sempre più spesso si sentiva sparare, non era sicuro girare per le strade, soprattutto per gli ebrei. Altri passi di corsa, altre frasi in tedesco, concitate.

Hanna istintivamente si avvicinò all'amico e appoggiò la mano sulla sua finché il silenzio non tornò padrone.

«Sai cos'è strano?» riprese lui. «Che per una settimana non me ne sono distaccato un attimo, la portavo in casa con me, ci avrei anche voluto dormire sopra la notte, ma poi l'ho lasciata lì. L'ho usata pochissimo dopo, di colpo non mi interessava più...»

«Forse l'avevi desiderata troppo...» commentò Hanna.

«Si può desiderare troppo? Dico, può davvero essere un errore desiderare così tanto una cosa da non pensare ad altro?»

«Io credo di sì, Yosef».

Poi Hanna non aggiunse più nulla.

Restarono l'uno accanto all'altra a sentirsi respirare. Una lama di sole trapassava la finestra ed evidenziava il pulviscolo che danzava tutto attorno a loro.

Hanna disegnò per terra un fiore, con le dita, sulla polvere che ricopriva il pavimento. Poi voltò la testa verso di lui e rimase ferma così.

«Mi guardi».

Non era una domanda quella di Yosef, era una constatazione.

«Non posso?» gli bisbigliò lei sottovoce.

«Se vuoi guardarmi, fallo. Io non posso impedirtelo».

Ecco, questo era il nuovo Yosef. Su di lui lo sconquasso del mondo stava esercitando un effetto imprevedibile: abbandonata la timidezza di un tempo era diventato duro, a volte anche troppo. Non sempre lei sapeva capirlo.

«Tocca a te» aggiunse serio, forse anche per togliersi dall'imbarazzo di quello sguardo su di sé. «Il tuo ricordo...»

«Il piroscafo» iniziò subito Hanna.

Se l'era già preparato e moriva dalla voglia di raccontarglielo.

Yosef la guardò stupito. Non si aspettava un piroscafo nei ricordi dell'amica.

«È stato quando siamo andati in Cile».

Non si aspettava neanche il Cile nei suoi ricordi. Lui, che non era mai uscito da Salonicco.

«Era il 1938. Il primo gennaio, ancora prima dell'alba, abbiamo preso il treno per Atene, portando con noi tutte le nostre cose. Là ci siamo imbarcati sul Quirinale alla volta di Brindisi. Siamo rimasti in mare due notti. Non avevo mai preso una nave prima di allora... Lo stretto di Corinto era un incanto, avresti dovuto vederlo. Anzi, l'hai mai visto?»

Yosef scosse la testa, vergognandosi un pochino.

«Beh, non importa: ti ci porterò io a vederlo...»

A Yosef scappò una risata nervosa. Davvero ci sarebbero mai andati insieme?

«Dunque, una volta arrivati in Italia abbiamo raggiunto Genova dove ci aspettava per l'imbarco il piroscafo Orazio. Sono stati ventinove giorni meravigliosi, i più belli della mia vita...»

«Un mese bloccato su una nave senza poter scendere? Io mi sarei sentito soffocare...» Yosef faticava a credere all'entusiasmo che emergeva ancora vivo dal racconto. Come aveva potuto Hanna essere così contenta? A lui mancava l'aria solo a sentirlo raccontare: quella nave gli parve identica al ghetto, un posto angusto, senza via di scampo.

«L'Orazio è diventata la nostra città per un mese, in poco tempo avevo imparato a conoscere quella nave come casa mia... Marsiglia, Barcellona, lo Stretto di Gibilterra e poi via nel mare aperto. Per dodici giorni non ho visto altro che il mare e ne ho ancora gli occhi pieni. Il mare e il sole, il mare e il vento, il mare e le nuvole, il mare e la luna. Non puoi credere all'incanto del mare aperto se non l'hai mai visto. Mi sentivo euforica, libera in quel mondo nuovo, privo di limiti e confini. Non mi ricordavo nemmeno più cosa fosse la terraferma. I miei occhi bevevano solo l'azzurro del mare e del cielo, si nutrivano delle onde e delle nuvole. La sera in cui abbiamo avvistato nuovamente terra il comandante ha voluto offrire una *soirée de gala*, a tutti i passeggeri delle tre classi».

«Una *suà* cosa?»

«Una festa di gala per tutti noi, iniziata con la cena e andata avanti fino all'alba. Io non ho chiuso occhio per un giorno intero, anche perché alle otto del mattino abbiamo iniziato la traversata del canale di Panama che è durata fino a sera. Uno spettacolo! Altre dieci ore e siamo arrivati a La Libertad, in Ecuador, dove siamo rimasti a terra un giorno intero. Alla fine abbiamo attraccato a Valparaíso. Il nome dice già tutto, no? Non ti ricorda il paradiso?»

«E quanto ci sei stata?»

«Due anni, poi siamo dovuti tornare indietro. Gli affari non sono andati come papà aveva sperato, così siamo rientrati in Grecia e lui ha trovato lavoro al giornale».

«Sarebbe stato meglio se fossi rimasta là» commentò secco Yosef. «Almeno non avresti visto tutto questo».

«Non l'avrei visto, ma ci sarebbe stato lo stesso».

«Io però avrei preferito che te lo fossi risparmiato, avrei preferito saperti in un paradiso dove vivevi bene ed eri felice piuttosto che qui all'inferno. Non sopporto che tu veda tutto questo e...»

Hanna portò l'indice sopra le labbra di lui.

«Shhh! Adesso smettila, siamo qui e stiamo bene, insieme. Anche senza una bici, anche senza il Cile. È solo questo che conta, calmati...»

Appoggiarono le teste al muro e rimasero immobili, a lungo, come due atleti sfiniti al termine di una corsa. Il sole muoveva lentamente le ombre e di tanto in tanto evidenziava negli angoli i ricami di qualche ragnatela abbandonata.

Improvvisamente Yosef si mosse e frugò nelle tasche.

«Non vorrai suonarla qui?» si allarmò Hanna quando vide l'armonica.

«Ho scritto una ballata per te».

«Davvero?»

Yosef fece sì con la testa. Gli brillavano gli occhi.

«E quando?»

«In questi giorni, ma aspettavo che fosse finita per suonartela. Non dirmi che non vuoi sentirla...»

«È troppo pericoloso, qui...»

«Tranquilla, suono piano piano. *Devo* fartela sentire, ora!»

Hanna scosse la testa come per dire sei proprio diventato un testone, con te non si può più ragionare. Si alzò da terra e, badando a non esporsi troppo dalla finestra, controllò la situazione fuori in strada. Non passava nessuno, solo due cani frugavano nell'erba in cerca di cibo. Uno si mise a fare pipì contro il muro.

Yosef partì con la sua melodia. Suonava senza staccare gli occhi da quelli di Hanna. Un suono delicato, dolce, come un sussurro nella notte. Una carezza per le orecchie.

A entrambi sembrò di non essere più lì.

E davvero non erano più lì.

Stavano correndo insieme in bici, erano su un piroscafo che scivolava lento sopra l'oceano blu. Destinazione: paradiso.

Tre maggio millenovecentoquarantatré

Hanna e Yosef rientrarono a casa angosciati. Le restrizioni erano giunte al culmine: prima il coprifuoco alle diciassette, poi il divieto di camminare sulla passeggiata del lungomare e le vie principali, alla fine la chiusura totale nel ghetto. Non era stato scritto sui giornali né proclamato con le ordinanze ufficiali, era stato imposto con le armi e le violenze gratuite, tanto che ormai più nessuno usciva da Kalamaria.

Loro stessi ci avevano definitivamente rinunciato.

L'ultimo, drammatico tentativo risaliva proprio al giorno prima.

Hanna si era intestardita di recuperare notizie della sua amica Martha, rinchiusa nel ghetto di Vardar. Da tempo non sapeva più niente di lei né della sua famiglia. Aveva anche provato a chiedere a dei comuni conoscenti, ma invano. Ormai temeva il peggio.

«È una follia: dobbiamo uscire da un ghetto per rientrare in un altro. È troppo rischioso, potremmo non farcela...» Yosef aveva tentato di scoraggiarla con la logica e il buon senso, ma Hanna era veramente in pensiero per la sua migliore amica. Non aveva voluto sentire ragioni.

«Io *devo* andare, non capisci?»

No, lui non capiva, ma si era rassegnato ad accontentarla, anche perché sarebbe andata comunque, e da sola.

Nel primo pomeriggio, smessi i vestiti con la stella gialla, ne avevano indossati di vecchi ed erano sgattaiolati fuori dal ghetto attraverso il solito varco, meno vigilato, dove era più facile evitare i controlli.

«Siamo sicuri che vada bene prendere la via per le colline?»

Hanna conosceva perfettamente la strada, ma la paura che l'aveva assalita appena fuori da Kalamaria l'aveva riempita di dubbi. Troppe croci uncinate in giro, molte più di quante fossero abituati a trovarne in passato.

Arrivati all'incrocio con via Kolokotroni, Yosef aveva improvvisamente rallentato il passo e abbassato la testa. Un manipolo di soldati tedeschi, con le armi in pugno, scortava un gruppo di uomini segnati dalla stella gialla. Urlavano parole incomprensibili e li incitavano a muoversi con dei bastoni.

«Non dobbiamo fermarci, proseguiamo, proseguiamo...» si era raccomandata Hanna, con un filo di voce.

Avevano finto di parlare fra loro, con disinvoltura; Yosef aveva pure provato a lasciarsi scappare una risata, ma si era subito pentito perché gli era venuta fuori troppo forzata. Forse aveva esagerato. Hanna lo aveva fulminato con lo sguardo.

«Halt!»

Li avevano notati!

Furono bloccati in mezzo alla strada, senza poter proseguire oltre. I tedeschi avevano intanto schierato gli ebrei vicino al muro scrostato di un edificio giallo. Hanna e Yosef, rigidi, fissi sui loro piedi, erano obbligati ad assistere alla scena.

Tu sì, tu no, tu sì, tu no, avevano sentito uscire dalle bocche dei soldati. Sembravano divertiti, come si trattasse di un gioco per loro. *Ja* e *Nein* non erano difficili da capire, ma in quella sorta di conta non era ancora possibile sapere cosa convenisse essere, se *Ja* o *Nein*. Il gruppetto di *Ja* era stato poi scortato in direzione del ghetto, i *Nein* invece erano stati trattenuti lì e fatti inginocchiare per terra.

Yosef aveva fatto in tempo a chiudere gli occhi, giusto un attimo prima di sentire sette spari, uno dietro l'altro, in rapida sequenza. Tanti quanti erano gli uomini del *Nein*.

Hanna, invece, li aveva visti cadere, uno a uno, chi in avanti, chi di lato, chi sopra il vicino. Ciascuno nel suo proprio sangue.

Guardava, ma non le sembrava stesse accadendo veramente, non poteva essere reale. Quei corpi le avevano fatto tornare in mente i burattini con cui giocava da piccolina, quando fingeva che un mago cattivo arrivasse a tagliare loro i fili ma lei riusciva a difenderli e salvarli.

Terminata l'esecuzione, i soldati erano sciamati via fra gli schiamazzi, senza più curarsi di loro, abbandonando i cadaveri in mezzo alla strada. Avevano sparato anche dei colpi in aria e cantato certe canzoni sguaiate come fanno gli ubriachi. Forse erano davvero bevuti. O forse no, erano solo dei burattini. Ecco, i burattini erano loro e il mago cattivo non aveva tagliato i fili, li manovrava invece e li faceva agire da cattivi come lui.

Yosef aveva fissato Hanna, che si era imbambolata.

«Hanna, andiamo! Andiamo!» le aveva gridato con forza.

Si erano guardati intorno. La strada era libera. Via di corsa, nonostante sapessero che era meglio camminare piano e non dare nell'occhio.

Nel momento in cui erano rientrati nel ghetto avevano avvertito un paradossale senso di protezione: almeno lì, fintanto che durava, non sarebbe accaduto niente di male.

«Mai più» aveva detto Hanna, abbracciando Yosef in un angolo della via.

«Mai più» aveva ripetuto Yosef, a denti stretti, osando passarle una mano sulla schiena.

Mai più uscire.

Mai più tanta paura.

E anche mai più quel dolore.

Hanna aveva sentito il bisogno di stringerlo a sé ancora più forte, con la testa appoggiata sul suo petto che batteva veloce.

«Che cosa abbiamo fatto di sbagliato?» le aveva chiesto Yosef sconvolto, quasi urlando. Nelle sue orecchie risuonavano ancora gli spari e il gemito di chi moriva e il tonfo sordo dei corpi che cadevano a terra. Tremava, non riusciva a fermarsi

Hanna si era discostata un po', quanto bastava per guardarlo in faccia.

«Perché non possiamo avere una casa come tutti? Perché dobbiamo andare in Polonia? Perché ci odiano così tanto, Hanna? Perché?»

«Forse non è per qualcosa che abbiamo fatto, ma per qualcosa che siamo...»

«Che vuoi dire?»

«Siamo nati sbagliati...» gli aveva risposto sconsolata e lei stessa si era spaventata della durezza delle sue parole.

«Non è possibile nascere sbagliati!»

Yosef si era fatto uscire il sangue dal labbro, tanta era la rabbia con cui se lo era morso.

«È solo questa la nostra colpa, essere nati ebrei. I tedeschi non possono perdonarcelo».

«Io non riesco ad accettarlo! Non posso tollerare che accada tutto questo! Non voglio rassegnarmi! Lo capisci?»

E l'aveva mollata lì da sola, in mezzo alla strada, a guardarlo scappare via disperato.

Yosef aveva sentito ruggire dentro di sé il senso di

un'ingiustizia feroce, si era ritrovato a prendere a calci ogni sasso della via, a scorticarsi le mani picchiando i pugni sui muri. Era rimasto muto per tutto il resto della sera. Anche la notte non aveva dormito, seduto sul letto con la testa fra le mani, mentre Hanna nella sua stanza si rigirava agitata nel letto, preoccupata per lui, per se stessa, e per ciò che li aspettava.

Quanto era successo il pomeriggio prima fuori dal ghetto aveva segnato un punto di non ritorno: l'orrore riguardava anche loro, non potevano più credere di schivarlo, di esserne immuni come forse si erano illusi le volte in cui erano riusciti a scappare di nascosto.

Quel giorno il tempo non passava mai. Non c'era nulla da fare in giro.

Avevano anche provato ad andare a casa di David.

David suonava bene il violino e da quando aveva perso il lavoro si era messo a intrattenere i più piccoli; ce n'erano sempre nel suo cortile, a ogni ora del giorno, da quelli che non sapevano ancora contare ai più grandicelli che già andavano a caccia di lucertole. I bambini si lasciavano trascinare dalla sua allegria e ballavano; riuscivano a vivere come per i grandi non era più possibile. Cantavano e ridevano e la vita sapeva essere bella lo stesso per loro perché c'erano la musica e i giochi, perché da David si stava bene.

Yosef si era seduto accanto a lui, aveva tirato fuori l'armonica e aveva provato ad accompagnarlo. La musica, però, non gli era venuta fuori giusta. Niente veniva fuori giusto quel giorno.

«Andiamo, non ce la faccio più a star qui» aveva detto insofferente, dopo pochi minuti, e si era alzato di scatto dai gradini della scala.

Hanna lo aveva seguito di malavoglia, sarebbe stata lì ancora. Li avevano appena raggiunti degli altri ragazzi con cui le avrebbe fatto piacere chiacchierare un po'.

Lasciata la casa di David avevano gironzolato per le strade, a vuoto. Una desolazione. Il ghetto che all'inizio era strapieno, tanto che le case non riuscivano a contenere tutta la gente che era stata concentrata lì, si era via via impoverito di persone, e di vita. Ogni treno che partiva svuotava qualche via e le famiglie si ridistribuivano nelle case lasciate libere e vuote. In qualche caso, però, erano rimaste lo stesso ammassate nelle stanze; sentirsi vicini, anche fisicamente, offriva ad alcuni un irrinunciabile conforto.

Hanna e Yosef rientrarono a casa avviliti.

I genitori erano in cucina, chiacchieravano a voce alta. Il loro tono gioioso ed eccitato, così inopportuno per quel momento, colse i due impreparati.

Affrettarono il passo, incuriositi e timorosi al tempo stesso.

A entrambi era venuta in mente la stessa cosa, ma era troppo grande per sperarci davvero. Troppo grande anche solo per osare pronunciarla a mezza voce.

Eppure quella cosa si trovava proprio sul tavolo, davanti a loro.

«I lasciapassare?»

Fu Yosef a parlare per primo, ma la voce gli si strozzò in gola. Tanto che la saliva gli andò di traverso e fu colpito da un accesso di tosse.

Hanna fu tentata di afferrare i documenti gialli impilati uno sopra l'altro, distinti in due pile, una per famiglia, ma trattenne la mano, intimorita.

Ne avevano tanto sentito parlare in casa, erano stati così desiderati e invocati e attesi che adesso che erano lì parevano quasi irreali. Un miraggio, o un sogno.

«Da oggi siamo tutti cittadini italiani» dichiarò solennemente il signor Moshe, con gli occhi che brillavano.

La signora Stella gli appoggiò una mano sulla spalla.

«Sono certificati provvisori...» ci tenne a precisare, come se il marito avesse peccato di esagerazione.

«Provvisori o no, sono validi a tutti gli effetti, me l'hanno assicurato i funzionari del Consolato» ribatté sicuro il signor Moshe.

I genitori di Yosef erano invece così commossi da rasentare la confusione. Il signor Isaac deglutì più volte prima di intervenire.

«Non l'avrei mai creduto possibile, noi non siamo di origine italiana...»

«Nemmeno noi» aggiunse il signor Moshe. «Ma la nostra richiesta in Consolato è stata accolta lo stesso. Il signore che è venuto oggi, di fretta e in incognito, ha detto che tra i nostri ascendenti pare abbiano trovato un cognome italiano...»

Lo stesso doveva essere successo per la famiglia Kamòn.

Yosef e Hanna si sedettero attorno al tavolo, le gambe tremavano per l'emozione e non reggevano. I genitori accostarono delle sedie e si accomodarono accanto a loro.

«Se recupero gli ingredienti giusti voglio proprio preparare dei borekas, per festeggiare» annunciò con piglio la signora Izabela e tutti si misero a ridere, come non accadeva da tempo.

Poi si strinsero le mani, in una catena, e le sollevarono al cielo. Con lo sguardo fisso ai documenti, che nessuno osava ancora toccare, intonarono insieme una preghiera di ringraziamento ad Adonai.

4
Villa Olga

AVREMMO POTUTO NON FARLO?

Quattro maggio millenovecentoquarantatré

Dalla finestra del secondo piano filtrava la luce del tramonto. Il rosso acceso del sole invadeva la stanza. I vetri aperti permettevano al silenzio della sera di arrivare fin lì. Il console Zamboni si alzò dalla scrivania e guardò il mare calmo. Com'era bella Salonicco, se avesse chiuso gli occhi avrebbe potuto immaginare di essere tornato indietro nel tempo, prima che il delirio si impossessasse del mondo e ne sovvertisse gli ordini. Rivedeva quella città pacifica, dove le diverse religioni avevano convissuto senza disturbo, dove si consumavano traffici e affari, dove la gente era sempre stata bene. Dove lui era stato bene.

Da pochi giorni era arrivata la comunicazione da parte del Ministero degli Esteri che sarebbe stato trasferito a Roma. Da quel momento la sua attività si era fatta ancora più frenetica. Era felice che lo sostituisse il dottor Castruccio, degnissima persona e pure Medaglia d'Oro della prima guerra mondiale, ma prima di lasciare Salonicco desiderava andare fino in fondo a quanto si era proposto. Toccava a lui, finché era lì. Non poteva, né voleva esimersi.

Per questo aveva chiesto di parlare a Merci, a fine giornata. La signora Carolina era ancora al piano terra, in cancelleria, a smaltire fuori orario le tante pratiche che si erano accumulate.

Quando il console si voltò lesse, forse per la prima volta con tanta chiarezza, nel volto di Merci la stanchezza accumulata in tutti quei mesi di lavoro.

«Temo per la sua salute» gli disse, senza aggiungere di più.

Era informato che due medici si stavano prendendo cura di lui, ma per discrezione non gli aveva mai chiesto niente al riguardo.

Merci non si risparmiava, era un continuo avanti e indietro tra il Consolato e i tedeschi, il Consolato e la stazione, il Consolato e i ghetti. Un andirivieni spesso mal visto, altre decisamente rischioso sia per la missione che si erano dati sia per la loro stessa incolumità. C'era intesa fra loro due. Quasi coetanei, sulla carta non avevano molto in comune: il carattere sanguigno del romagnolo distava molto dalla pacatezza del trentino, la formazione diplomatica dell'uno si distingueva dall'operatività militare dell'altro, ma c'era un senso condiviso dell'umanità che li univa e che seppur non dichiarato apertamente aveva permesso loro di lavorare insieme giorno per giorno, in perfetto accordo.

«Mancano gli ultimi sforzi, gli ebrei sono ormai ridotti a un piccolo gruppo, fra poco non avremo più molto da fare... Qui abbiamo lavorato tutti, alacremente e senza sosta» rispose Merci, per nulla disposto a cedere proprio in quel momento.

«Avremmo potuto non farlo? Avremmo davvero potuto non aiutare quelle persone?»

Zamboni, tornato a fissare il mare, rivolgeva a se stesso quella domanda, come per ricordarsi di non aver fatto altro che il proprio dovere, di uomo e di diplomatico.

Al secondo piano di Villa Olga, arrossata dal tramonto, Merci, sollecitato dalla domanda di Zamboni e anche dall'imminenza del suo rientro a Roma, ripensava ai momenti più intensi della loro collaborazione.

Gli sfilarono davanti agli occhi tutte le scene di quel pezzo di storia che, talora inconsapevolmente, avevano scritto insieme in tanti mesi. In verità, ne aveva anche tenuto traccia su un diario di cui però nessuno sapeva nulla. Non lo aveva confidato nemmeno al console per non coinvolgerlo direttamente qualora fosse caduto in mani nemiche: lo scriveva di getto la notte, di nascosto, con la paura di essere scoperto e con l'angoscia che il suo contenuto potesse compromettere il lavoro svolto. Ma sentiva di doverlo fare: non poteva affidare ciò che aveva vissuto alla sola memoria personale, doveva lasciarne traccia, far sapere la verità su quei fatti tanto incredibili che forse in futuro qualcuno avrebbe addirittura osato negare, considerandoli troppo disumani per poter essere veri. Aveva molti episodi in testa, lontani e recenti. Su quella stessa sedia su cui era seduto, ad esempio, solo poche settimane prima si trovava l'ufficiale Brunner delle SS. Lui gli stava a fianco per tradurre e facilitare il dialogo con il console. Ricordava ogni singola parola di quell'incontro, uno dei più tesi degli ultimi mesi. D'altro canto era un uomo che aveva il potere di fargli paura, sorrideva in continuazione mentre inchiodava i suoi occhi di ghiaccio dentro quelli dei suoi interlocutori. C'era qualcosa di disorientante nella discrepanza fra il suo aspetto e la crudeltà di cui era capace.

Il tedesco era arrivato furioso. Intendeva avanzare delle rimostranze ufficiali sui certificati che venivano emessi dal Consolato: troppi e, soprattutto, ingiustificati secondo lui. L'accusa esplicita era di pesanti irregolarità diplomatiche, una questione che sarebbe potuta arrivare sui tavoli di Berlino e Roma e non finire lì.

Zamboni, dopo aver ascoltato le sue accuse senza scomporsi, non era stato a incassare. Aveva reagito, con grande fermezza. Tanto che Merci aveva avuto qualche titubanza nel tradurre fedelmente le sue parole; era stato persino tentato di ammorbidirle un po' per renderle più accettabili smorzandone i toni.

«A quanto mi risulta gli ebrei italiani sono trattati dal Governo italiano e non da voi, stanno sotto la bandiera italiana, non la vostra. Allora non occupatevi degli ebrei italiani che sono affar mio...»

Così aveva iniziato Zamboni.

L'ufficiale tedesco, però, non si era recato lì per discutere i princìpi generali della diplomazia. Voleva sconfessare la presenza stessa del console, minarne la credibilità e l'autorità.

«Lei non segue gli ordini del suo governo» affermò laconico il tedesco, con una freddezza che faceva impressione.

Zamboni si alzò in piedi. Era stato punto sul vivo.

«Questo non lo deve dire lei! Non si permetta! Finché sono qui significa che io ho l'approvazione del mio governo. Esattamente come lei. Perché lei è qui, me lo dica? Lei è qui per volontà del suo governo e il suo governo accetta tutto quel che fa. Quando io non seguirò più le direttive del mio governo mi richiameranno in patria, non si preoccupi; e allo stesso modo quando lei non seguirà quelle del suo, richiameranno anche lei. Ciò significa che finché sono qui il Governo italiano sono io. Se lo ricordi bene! E adesso se non ha altro da dirmi le chiedo di scusarmi perché ho molto da fare...»

Il tedesco se n'era andato subito, senza salutare, aveva solo fatto risuonare i tacchi, in modo meccanico, per abitudine. Sulla porta si era girato un istante per lanciare un ultimo sorriso ai due. Solo lui sapeva minacciare così bene con un sorriso.

Sette maggio millenovecentoquarantatré

Continua in Consolato il rilascio di certificati di cittadinanza italiana, secondo le istruzioni impartite da Roma, agli ebrei coniugi di cui uno di origini italiane, che abbiano consanguinei, ascendenti, discendenti (figli) o collaterali tanto per via maschile, quanto femminile, fra i quali ci sia o ci sia stato un congiunto di qualsiasi grado di parentela già italiano o con cognome italiano. Esempio specifico: quello dei coniugi Daniele e Bella Mentesch, contadini, con tre figlioletti. Ignorano la lingua italiana. Tra gli ascendenti ci fu un cognome italiano.

Merci terminò di annotare sul suo taccuino i fatti del giorno con la consueta precisione e cura dei dettagli. Aveva chiesto a se stesso di restare il più possibile fedele alla realtà, di documentare tutto con accuratezza sebbene fosse cosciente che qualche imprecisione ogni tanto gli scappava, per fretta o anche solo per stanchezza.

Era sfinito. Da qualche tempo aveva anche iniziato a temere per la sua salute fisica. Sempre più di frequente avvertiva dei mancamenti durante il giorno, le forze gli venivano meno ed era costretto a sedersi o ad appoggiarsi a qualcosa per stare in piedi, ma faceva di tutto per non darlo a vedere e si curava quando e come poteva.

Doveva solo tenere duro. Era una questione di tempo: presto, purtroppo, sarebbe tutto finito. Anche il suo compito lì.

Si trascinò in bagno a sciacquare la faccia. Fissò nello specchio il suo viso bagnato e per un istante faticò a riconoscersi. Era anche dimagrito.

I pensieri del suo lavoro non lo abbandonavano mai, gli giravano continuamente in testa. Nonostante desiderasse tanto una tregua, un momento di pace in cui acquietarsi, questa non arrivava mai; persino di notte si agitava dentro certi sogni convulsi che rendevano il riposo incompleto e incapace di ristorare.

Aveva piena coscienza di quanto lui e Zamboni fossero spudorati nell'emettere i certificati di cittadinanza, e il fatto che ci aggiungessero sopra, in penna, *provvisorio*, non cambiava la sostanza. Non era altro che uno stratagemma. Dichiaravano minorenni dei maggiorenni, barando sulla data di nascita. Per alcuni bastava addirittura che avessero fatto un viaggio in Italia o che un membro della loro famiglia, anche molto lontano nel tempo, avesse avuto un cognome italiano o che almeno suonasse tale. Pretesti, lo sapeva bene lui, come lo sapevano tutti al Consolato. Anche fuori lo sapevano oramai, i sospetti dei tedeschi sul loro operato diventavano ogni giorno più forti.

Ma era colpa sua se non riusciva a dire di no? Se i volti delle persone che imploravano aiuto gli restavano impressi dentro? Li faceva uscire con sé dal Consolato, li portava a casa e li rivedeva mentre cenava, da solo. Fantasmi viventi, sedevano accanto a lui al tavolo, ospiti inattesi che non cessavano di pietire la salvezza. Anche se provava a chiudere gli occhi li vedeva lo stesso, perché si erano ormai impastati nella sua anima, e non poteva scacciarli più.

Pure in quel momento c'erano loro nello specchio, non più lui. Un mosaico di volti sovrapposti, confusi, che parlavano insieme in un flusso di parole incomprensibile. Da stordire.

Tornò in sala, barcollando. Nascose il taccuino dentro la fodera del cuscino del divano e si sdraiò sul letto.

Chiuse gli occhi. Gli girava la testa, si sentiva mancare. Forse era solo debolezza, non era riuscito a cenare quella sera, aveva lo stomaco chiuso e non gli andava giù niente.

Rivide Daniele e Bella, di cui aveva appena scritto sul diario. Li rivide mentre chiedevano il lasciapassare. Erano assieme ai loro tre figlioli, i due più piccoli spaventati e confusi, e quello più grande, ormai ragazzo, che lo fissava guardingo, incerto se fidarsi di lui, oltre che imbarazzato per le menzogne che i suoi stavano raccontando pur di conquistare la libertà per la famiglia.

All'improvviso, quelle persone sparirono. Lasciarono

il posto alle montagne e al suo lago. Il Trentino, quanto gli mancava! Ci pensava soprattutto in quei momenti, in cui sentiva svaporare l'anima. Si ritrovò a Riva del Garda, sulla passeggiata, a fissare l'acqua blu e le barche a vela che ci scivolavano sopra veloci e gli alberghi con i loro villeggianti in abiti raffinati. Un attimo dopo, eccolo invece sulla neve, con le ciaspole ai piedi, il freddo che gli pungeva la faccia e un cerbiatto lontano, fermo su uno sperone di roccia che guardava fiero nella sua direzione. Il cielo era di un bianco accecante.

Lo sparo di un cacciatore, la preda in fuga e il sangue rosso sulla neve furono gli ultimi, confusi ricordi di quella notte.

5
Il ghetto

NESSUNO DOVREBBE PARTIRE

Dieci maggio millenovecentoquarantatré

Il rumore degli stivali per strada svegliò Yosef di soprassalto. Giù dalla branda, si precipitò nella stanza accanto.

«Hanna! Hanna, le SS!»

Potevano essere solo loro a quell'ora della notte, nel ghetto. Correvano, prendevano a calci le porte. Urlavano. Li accompagnava anche qualche soldato greco, portato dietro per farsi capire.

Quando i militari entrarono in casa, trovarono tutti già in piedi e pronti. Da qualche giorno avevano iniziato a dormire vestiti, nell'angoscia che arrivasse proprio quel momento. Non avevano ancora avuto notizia dal Consolato quanto al trasferimento ad Atene, sapevano di non essere al sicuro a Kalamaria.

«Baron Hirsch! Baron Hirsch!» gridavano i militari come degli ossessi, assieme ad altre frasi incomprensibili.

Hanna guardò Yosef terrorizzata. Il loro turno per il campo di transito era dunque arrivato. D'altro canto il ghetto era quasi vuoto, prima o poi sarebbe accaduto.

Il signor Moshe tirò fuori dalla tasca della giacca i documenti che avevano ricevuto dal Consolato e lo stesso fece il signor Isaac. Li presentarono ai tedeschi nel tentativo di spiegare che loro non sarebbero dovuti partire, che erano cittadini italiani destinati ad Atene... ma quelli non vollero sentire ragioni. Il papà di Hanna provò a insistere. In risposta ottenne un colpo in testa con il calcio di un fucile.

«Non è niente, non è niente!» diceva ai suoi per tranquillizzarli. «Fate come vi dicono!»

Con la mano intanto premeva sulla tempia destra, cercando di nascondere il rivolo di sangue che aveva iniziato a scendere lento.

I tedeschi intimarono di riempire in fretta le valigie e li spinsero fuori perché raggiungessero gli altri ebrei nella lunga colonna che si era già formata in strada. Nella frenesia le mamme erano riuscite ad agguantare anche qualcosa da mangiare: un po' di formaggio e del pane buttati dentro un sacchetto di carta, contando che più tardi sarebbero tornati buoni.

Era una notte limpidissima, la luna riempiva il cielo oscurando le stelle. La luce era così intensa che lungo la strada si allungavano le ombre delle persone. A Hanna sembrò quasi che le ombre volessero staccarsi dai corpi e fuggire via libere, ma un destino malevolo le teneva inchiodate ai piedi.

Yosef si affiancò e le prese la mano, gliela strinse forte intrecciando le dita.

«Ce la faremo, te lo prometto» le bisbigliò all'orecchio.

Non riuscirono a dirsi altro lungo tutto il tragitto. Un passo dopo l'altro si guardavano intorno, straniti, come se fosse la prima volta che passavano per quelle strade. O forse l'ultima.

Ogni tanto intercettavano qualche sguardo lanciato da una finestra socchiusa e subito ritirato per paura.

Vennero dapprima concentrati nella sinagoga vicino alla stazione. Più di tremila persone. Certuni piangevano, ma la maggior parte era smarrita, sgomenta per la paura e rassegnata. I soldati li avevano costretti a sedersi tutti per terra, al buio, accalcati uno sull'altro. Si erano poi piazzati di guardia fuori, serrando bene le porte. Non amavano condividere lo stesso spazio con gli ebrei.

Yosef fremeva, le sue gambe si muovevano da sole, incontrollate.

«Che cosa avresti intenzione di fare?» gli chiese Hanna terrorizzata. Aveva intuito qualcosa.

Lui non sopportava di restare chiuso nella sinagoga senza sapere cosa stesse accadendo fuori, la smania lo stava divorando. Guardò in alto. Le finestre erano a una certa altezza, ma con una scala umana sarebbero state raggiungibili.

«Voi state sotto, io salgo. Tu intanto controlla che non arrivino i tedeschi».

Si accordò con altri tre ragazzi poco più grandi di lui, che sedevano vicini: si misero uno in spalla all'altro e da ultimo salì lui. Da lì riuscì a guardare fuori, aggrappato con i polpastrelli alla cornice di ferro della finestra. Tutt'intorno si era riempito di SS. Una lunga fila di camion militari, ricoperti di tela con la croce uncinata, aveva fatto sosta fuori dall'edificio e numerose squadre di soldati pattugliavano la zona, mitra alla mano. Non si poteva far nulla, il tentativo di fuga che gli era balenato in mente si rivelò impraticabile.

Sceso dalle spalle dei compagni riferì ciò che aveva visto, evitò però di eccedere nei dettagli e nell'enfasi. Non c'era bisogno di spaventare ulteriormente quella gente.

Mancavano poche ore all'alba. Trascorsero insonni per tutti, tranne che per i bambini più piccoli, crollati sulle gambe dei genitori. I pochi viveri recuperati dalle tasche e dalle borse furono condivisi con chi ne era sprovvisto, passando di mano in mano. Qualcuno aveva da bere. Col cibo vennero anche scambiati molti sorrisi di ringraziamento, tesi e preoccupati.

I più anziani si misero a pregare a mezza voce e la loro cantilena permise ad alcuni di assopirsi qualche minuto.

Undici maggio millenovecentoquarantatré

I soldati fecero irruzione nella sinagoga che era mattina avanzata. Il sole si era levato da tempo e la luce aveva ormai svegliato anche i più piccoli. Qualcuno di loro piangeva per la fame e le donne si stavano affannando a recuperare qualcosa da mangiare, per placarne i morsi allo stomaco.

«In Polonia, state partendo tutti per la Polonia: là vi aspetta la comunità ebraica del posto, potrete alloggiare da loro. Troverete tutti gli altri che sono partiti prima di voi. Là avrete un lavoro, nelle miniere» gridavano i soldati.

Alcuni ebrei, sostenuti da un'irriducibile speranza, davano l'impressione di crederci ancora. Le loro facce parevano rianimate dalla conferma che presto avrebbero raggiunto un posto diverso, sicuro, per un nuovo inizio. Chi sospettava la verità, invece, si chiuse in un silenzio carico di angoscia.

«Noi non dobbiamo partire, non dobbiamo partire» ripeteva con rabbia Yosef. Non tollerava che venissero ignorati i documenti che si erano conquistati con tanta fatica. Fino a qualche ora prima avevano rappresentato la garanzia della salvezza per tutti loro e all'improvviso parevano svuotati di valore.

«Nessuno dovrebbe partire» aggiunse mesta Hanna, guardando intorno tutta quella gente accalcata con loro.

E Yosef fece sì sì con la testa, per dire hai ragione tu, nessuno dovrebbe, nessuno, non abbiamo sbagliato a nascere ebrei, non siamo sbagliati noi.

Il signor Isaac stava intanto confabulando con il signor Moshe su come far valere i diritti che i documenti assicuravano loro. Non era facile, dovevano stare attenti, in quella situazione avrebbero pagato a caro prezzo ogni passo falso.

Non appena videro avvicinarsi un soldato tedesco, allungarono la mano verso di lui, per attirarne l'attenzione e mostrargli i lasciapassare gialli. Lui tirò dritto, come se fossero stati trasparenti, però, fatto qualche metro, tornò indietro.

«Italiani, siamo cittadini italiani!» imbastì in un tedesco approssimativo il signor Moshe, sufficiente però a farsi capire.

Il soldato afferrò i documenti, li controllò da vicino, segnò qualcosa a matita sul foglio piegato in due che conservava nel taschino della divisa e senza aprir bocca li portò via con sé. I due uomini si sforzarono di non perderlo d'occhio, nemmeno un istante, mentre si spostava nella sinagoga: gli avevano consegnato l'unica via di uscita possibile. Lo videro alla fine raggiungere il capannello degli ufficiali radunati presso un tavolone di legno scuro, vicino alla porta di ingresso, e consegnare loro i documenti assieme al suo foglietto.

Seguirono numerose ore di calma. In realtà era solo dovuta all'inattività dei soldati che rimanevano a distanza, in attesa di ordini. Si limitavano a chiacchierare fra loro e a lanciare delle occhiate di disprezzo alla massa di ebrei seduti per terra; di tanto in tanto indicavano qualcuno che attirava la loro attenzione e sghignazzavano.

Hanna e Yosef erano riusciti a sistemarsi vicini. Accanto a loro sedeva una famiglia che non conoscevano, una mamma sola con due figli, di origine greca. Lina, la più piccola, di cinque anni, adorava Yosef: non solo aveva diviso con lei il suo pezzo di formaggio quando piangeva per la fame, ma le aveva anche raccontato una favola per farla addormentare tranquilla. Hanna era rimasta colpita da quel fare tenero, non pensava ci sapesse fare con i piccoli.

Yosef tirò fuori dalla tasca l'armonica.

«Suoni per me?» gli chiese Lina appena la vide. Batteva le mani per l'eccitazione.

«Anche suo papà suonava l'armonica...» commentò la mamma della bambina.

Yosef guardò Hanna, in cerca di approvazione.

Lei sorrise. Il suo sorriso voleva dire sì, suona, suona per Lina, per la sua mamma, per il suo papà che non c'è più. E suona anche per me.

Il ragazzo portò l'armonica alle labbra e fece partire proprio la melodia che Hanna avrebbe desiderato ascoltare, quella composta per lei. Era una musica dolce e triste allo stesso tempo, se avesse avuto le parole avrebbe raccontato la storia di un ragazzo e di una ragazza diventati inseparabili, di due che quando stavano insieme anche le brutture del mondo parevano più sopportabili, due che pensavano che nel futuro sarebbero stati loro il bello del mondo, anzi che forse lo erano già, senza trovare però il coraggio di dirselo.

«In piedi, in piedi!» gridarono all'improvviso e da più parti della sinagoga i soldati, attivati dagli ordini degli ufficiali. La musica si interruppe di colpo; per aiutare Lina ad alzarsi Yosef passò l'armonica in mano ad Hanna.

Tutti si sollevarono a fatica, le articolazioni erano rattrappite dopo tante ore, pressati uno accanto all'altro, senza potersi muovere.

Lina stese le braccia verso il suo nuovo amico, non riusciva a vedere che cosa stava succedendo e le mancava l'aria. Lui avrebbe preferito lasciarla giù, ma fu Hanna a insistere.

«Se vuole vedere, lasciaglielo fare. Prendila, per favore...»

Yosef la sollevò in braccio.

Un soldato passò accanto a loro urlando più del dovuto e Lina si strinse forte al suo collo.

«Ora prendete le vostre valigie e iniziate a uscire! Dovete lasciare i bagagli nel piazzale accanto alla sinagoga. Non portateli con voi sul treno! Ripeto: non portateli sul treno!»

La gente si scambiò delle occhiate piene di sgomento: abbandonare le valigie? Non le avrebbero portate con loro? Come avrebbero fatto senza? Quello che avevano recuperato nell'angoscia della fretta, che avevano scelto di portarsi dietro, rappresentava l'unico legame cui aggrapparsi, i soli ricordi concreti della loro vita lì. Possibile che dovessero davvero mollarli? Ma l'ordine era chiaro: lasciare le valigie, non portarle sul treno, continuavano a gridare.

I tedeschi avevano ormai deciso di gettare la maschera e mostrare il loro vero volto: a due a due, avevano iniziato a girare fra la gente per far man bassa dei gioielli e di tutti gli averi. Chi si rifiutava di metterli nelle borse aperte in mano ai soldati veniva malmenato. Dopo le prime resistenze, e i primi colpi inferti senza pietà, nessuno osò più opporsi.

Due soldati si indirizzarono svelti verso Yosef. Uno era particolarmente giovane, doveva avere pochi anni più di lui, sul viso portava solo un accenno di barba biondiccia. Yosef si era accorto che il tedesco lo aveva già squadrato prima, quando si era messo a suonare l'armonica; avevano tenuto fisso lo sguardo l'uno dentro gli occhi dell'altro, per qualche secondo, come in segno di sfida, poi il giovane soldato era uscito a fumare.

Lo afferrò brusco per il bavero della giacca.

«Fuori i soldi. E i gioielli della tua famiglia!»

Yosef scosse la testa.

«Ho detto che devi darmi tutto quello che hai, musicista da strapazzo».

Yosef scosse ancora la testa, davvero non aveva niente con sé.

«E quelli?»

Il soldato indicò i minuscoli orecchini indossati da Lina, che cercava di nascondere il volto da quell'uomo cattivo che urlava. Erano due palline d'oro, più piccole di un chicco di riso. Yosef sgranò gli occhi. Capì al volo, provò a toglierne uno, ma non sapeva come fare, le mani gli si inceppavano. Non aveva mai tolto un orecchino, lui.

Lina non riusciva nemmeno a piangere. Rigida, si lasciava fare, bianca in volto.

«Incapace!» gli gridò il soldato e con la mano strappò l'oro dall'altro lobo della bambina. Gli rimase in mano l'orecchino sporco di sangue e un lembo di carne.

«Merda, che schifo!» imprecò guardandosi le mani e se le pulì sulla giacca di Yosef. Poi buttò via tutto, per terra.

La madre afferò Lina che urlava. Yosef non riuscì a trattenersi. Con un pugno ben centrato colpì in pieno il naso del soldato, che non si aspettava la sua reazione. Era diventato forte Yosef, anche troppo.

Intervenne al volo l'altro tedesco che gli era accanto. Iniziò a malmenarlo. Altri due accorsero e lo colpirono forte, più volte, fino a farlo cadere a terra.

«Di chi è figlio, questo ragazzo?»

Un ufficiale si era precipitato lì per identificare la famiglia di Yosef.

Yosef, sollevandosi da terra, avrebbe desiderato essere lì da solo. Sperò in cuor suo che nessuno rispondesse, che i suoi lo disconoscessero come figlio, ma il signor Isaac e la signora Izabela alzarono subito la mano per farsi riconoscere.

«Venite tutti con me! Muovetevi!» e i tre furono trascinati al tavolo degli ufficiali dove prima erano stati portati anche i loro documenti, che erano poi spariti, rimossi da chissà chi.

Hanna era riuscita a controllarsi, aveva evitato di reagire come avrebbe fatto d'istinto: non sarebbe servito a niente. Anzi, c'era bisogno di restare lucidi più che mai, in fondo godevano dell'immunità degli italiani, non poteva succedere nulla di male. Mentre lo trascinavano dall'altra parte della sinagoga lanciò un'occhiata disperata verso Yosef, serviva per dirgli adesso basta, fermati, ti prego non fare più nulla, soprattutto non reagire, trattieniti qualsiasi cosa succeda, presto andremo fuori di qui e saremo salvi insieme.

In quell'esatto momento sulla porta comparve un nuovo ufficiale, venuto da fuori. Non si era mai visto prima.

«Silenzio!» intimò e la sua voce imperiosa non ebbe bisogno di ripetersi per ottenere ciò che chiedeva.

Tutti lo fissarono, anche gli altri soldati che si zittirono all'istante e si misero sull'attenti. Doveva essere di un grado ancora superiore.

«Ismael Rafael, Samuel Rafael, Martha Cohen...»

L'uomo aveva subito iniziato a leggere i nomi da una lista che stringeva in mano. Le persone chiamate dovevano mettersi da parte, allineate al muro vicino alla porta.

«Moshe Molho, Stella Molho, Hanna Molho...»

La famiglia Molho si unì a quelli che erano già stati nominati. Nello spostamento gli occhi di Hanna restarono costantemente agganciati a quelli di Yosef.

Gli altri, che non capivano cosa stesse accadendo, osservavano la scena perplessi.

«Ernestine Bluosigno, Aron Asser, Allegra Asser...»

La fila pian piano si allungava.

«Isaac Kamòn, Izabela Kamòn, Yosef Kamòn...»

Quando furono chiamati i nomi della famiglia di Yosef fra i soldati si alzò un brusio.

Yosef si trovava ancora accanto al tavolo, in un angolo, con un occhio pesto e un grumo di sangue incrostato sul labbro inferiore. Suo padre e sua madre, a qualche passo da lui, restarono impassibili.

«Non avete sentito che vi hanno chiamato? Siete sulla lista, affiancatevi agli altri. Muovetevi! Tutti e tre».

La famiglia Kamòn raggiunse svelta la fila lungo il

muro. Nessuno osava fiatare, tutti gli sguardi erano concentrati su di loro.

L'ufficiale, che intanto aveva terminato di chiamare gli ultimi nomi, piegò il foglio e lo ripose nella tasca della giacca. Aprì poi una busta che era comparsa sul tavolo, piena di documenti. Si avvicinò agli ebrei convocati e li passò in rassegna uno per uno. Scrutava bene le facce confrontandole con le foto in suo possesso, per consegnare poi a ciascuno il proprio documento con un cenno stizzito della testa, in segno di disapprovazione.

Quando venne il turno del signor Isaac e della signora Izabela gli scappò un sorriso storto. Hanna lo notò e si sentì venir meno.

Yosef fu lasciato apposta per ultimo. Le sue mani incrociate dietro la schiena non riuscivano a star ferme, la testa bassa fissava solo il pavimento. L'ufficiale, che prima lo aveva saltato nella fila, tornò e gliela sollevò con una manata.

«Yosef Molho...»

Yosef rimase immobile, in silenzio.

«Sei tu Yosef Molho?»

L'ufficiale ottenne solo un flebile sì.

«Non ho sentito!»

Yosef ripeté il suo sì, a voce più alta.

«Cittadino italiano, vedo. Uhm, cittadino italiano con documento provvisorio...»

Hanna deglutì.

Intanto i soldati avevano ricevuto l'ordine di iniziare a svuotare la sinagoga dagli altri ebrei.

«Pregate per noi».

«Cercate mio figlio, vi prego. Si chiama Efrem, Efrem Nety, abitavamo nel quartiere di Neapoli. Non l'ho più visto, ma sono sicura che è ancora qua. *Deve* essere ancora qua, fategli sapere che sua madre gli...»

«Fate qualcosa, aiutateci per favore, non lasciateci andare...»

«Non dimenticatevi di noi...»

Chi partiva aveva ormai capito che le persone schierate al muro sarebbero rimaste; passando vicino, prima di superare la porta, provavano a lasciare delle richieste, a consegnare loro le ultime volontà, con i tedeschi che facevano di tutto per impedirglielo e li spingevano fuori con forza.

L'ufficiale fece un passo indietro rispetto alla fila che aveva schierato contro il muro. Voleva vederli tutti in faccia mentre parlava loro.

«Voi per il momento potete restare, non partirete per la Polonia. Ora uscite in una fila diversa e radunatevi fuori a sinistra».

Al suo ordine tutti iniziarono a muoversi per fare una fila parallela e guadagnarsi l'uscita. Con la fretta dettata dall'incredulità per averla, forse, scampata.

«E tu dove credi di andare?»

L'ufficiale si era rivolto a Yosef. Lo stava aspettando al varco.

Yosef non rispose. Non sapeva che fare: avrebbe dovuto fermarsi o continuare a camminare dietro agli altri?

«Dove pensi di andare?» urlò di nuovo l'uomo e il ragazzo, scosso da un tremito, questa volta si impietrì.

«Hai sbagliato fila. La tua è quell'altra: tu salirai sul treno. Adesso tu vai in stazione con gli altri e parti per la Polonia...»

Il signor Isaac, che teneva d'occhio la scena, lanciò un grido, mosso dal coraggio della disperazione.

«È cittadino italiano, è italiano come tutti noi!» provò a difenderlo. Si guardava intorno, cercando dagli altri ormai salvi un consenso e un appoggio che non arrivavano. Teste chine, invece, troppo preoccupate del proprio destino per occuparsi di quello degli altri.

L'ufficiale tedesco prese il documento, lo strappò in due, poi in quattro, fino a ridurlo in minuscoli coriandoli che sparse per l'aria, accompagnandoli con una risata stridula.

«Oh, mi spiace! Sai che a me non risulta che sei un cittadino italiano? E poi i cittadini italiani dovrebbero sapere come comportarsi con i soldati tedeschi, non fanno come te...»

Yosef era ormai nel panico.

«Comunque, se volete potrete sempre far ricorso al Consolato italiano, ci sono uomini così efficienti e solerti con gli ebrei... Vedrete, faranno carte false per tornare a prendervelo in Polonia!» aggiunse l'ufficiale con un'occhiata di ghiaccio al signor Isaac e alla signora Izabela. Poi fece afferrare il ragazzo per un braccio e lo fece trascinare a forza fuori dalla sinagoga per raggiungere gli altri destinati al treno.

I genitori di Yosef furono obbligati a recarsi in stazione anche loro, scortati da due soldati. Hanna e la sua famiglia chiesero di poterli seguire.

Arrivati in prossimità del treno fu intimato loro di fermarsi.

«Restate qua, voglio che lo vediate partire. Merita un saluto da parte vostra, no?»

L'ufficiale sapeva di imporre la peggior tortura possibile per un padre e una madre.

Hanna, sotto la pensilina, ferma davanti ai binari con i genitori alle spalle, fu l'unica che ebbe il coraggio di guardare davvero. La signora Izabela non resse alla vista e si accasciò subito per terra. Suo marito si chinò per soccorrerla.

Yosef fu caricato per ultimo, su un carro bestiame. Da fuori si vedeva che nel vagone non c'era più posto, erano già tutti in piedi, ammassati uno sull'altro. Dovettero spingerlo in tre, a forza, e quando riuscì a entrare qualcuno da dentro emise un grido soffocato.

Al cenno di un ufficiale tutti i carri vennero chiusi contemporaneamente. Non c'erano finestre, né feritoie, né passaggi per l'aria. Solo a pensarci mancava il respiro.

I tedeschi passarono sui vagoni delle spranghe di ferro. Il rumore serviva solo per spaventare a morte le persone chiuse dentro, che infatti gridavano e piangevano e bussavano e imploravano fateci uscire di qui, fateci uscire!

Il treno iniziò a muoversi lento. Uno scossone. Poi di nuovo fermo.

Ripartì poco dopo.

Emise un primo fischio, flebile, dolce come un sibilo. Poi la velocità aumentò e il fischio divenne potente e continuo e assordante.

Quel fischio non solo lacerò l'aria, lacerò il cuore di tutti.

Hanna teneva gli occhi spalancati.

Come un automa, tirò fuori dalla tasca l'armonica che fino a quel momento aveva tenuto stretta in mano. Era ancora calda e umida del suo sudore.

La portò alle labbra e restò ferma a suonare. Una musica stonata accompagnò l'allontanarsi del convoglio, coprì il suo sferragliare, finché non ne rimase che uno sbuffo di vapore bianco che si confondeva con le nuvole. All'orizzonte.

6
Villa Olga

GLI ULTIMI QUASI ITALIANI

Quindici giugno millenovecentoquarantatré

Zamboni si apprestava a lasciare la Grecia alla volta di Roma con il cuore pieno delle tante soddisfazioni raccolte in poco più di un anno. Giuseppe Castruccio, che l'avrebbe sostituito, era giunto a Salonicco già il nove di giugno.

L'unico vero cruccio che il console si lasciava alle spalle era non aver potuto aiutare più persone. Anche il mancato rispetto degli accordi da parte dei tedeschi era un punto rimasto in sospeso di cui si rammaricava molto: nonostante i documenti da lui emessi, alcuni ebrei riconosciuti cittadini italiani erano stati ugualmente deportati in Polonia. Il quattordici maggio, su sua indicazione, l'Ambasciata italiana aveva anche inviato una nota ufficiale al Ministero degli Affari Esteri del Reich a Berlino affinché i tedeschi provvedessero al ritorno immediato degli ebrei partiti "per errore" e già internati nei campi di concentramento. Le speranze tuttavia erano poche, bisognava attendere l'esito delle trattative diplomatiche che si erano avviate.

Due momenti erano stati particolarmente intensi per lui, nelle ultime settimane della sua permanenza in città.

Il ventotto maggio, in un caldo venerdì pomeriggio, una delegazione di ebrei italiani si era recata in Consolato per una cerimonia ufficiale di ringraziamento. Oltre alle belle parole nei discorsi che si erano susseguiti gli avevano anche consegnato uno scritto firmato da tutte le persone che grazie al suo interessamento non erano state deportate. Zamboni capì in quell'istante che l'avrebbe conservato per sempre tra le sue carte, come uno dei documenti più preziosi. Quando era solo, gli piaceva rileggerlo, soprattutto le righe di apertura, combattendo quella modestia naturale che lo contraddistingueva e lo faceva quasi vergognare degli elogi. Aveva piena consapevolezza, infatti, che non avrebbe potuto fare altrimenti nel suo ruolo e che i ringraziamenti ricevuti andavano condivisi con tutti coloro che avevano collaborato con lui.

> Signor Console Generale,
> i sottoscritti, oltremodo riconoscenti del benevolo interessamento della S.V. Ill.ma alla loro causa, ammirati e commossi da tanta magnanimità ed elevatezza d'animo nella comprensione delle loro sofferenze materiali e morali, ringraziano vivamente e porgono alla S.V. Ill.ma i sentimenti della loro profonda e leale devozione.
> I sottoscritti, consapevoli degli sforzi solerti spiegati dalla S.V. Ill.ma per il riconoscimento della loro cittadinanza, consci dei loro doveri verso la Madre Patria che come sempre ha affermato la sua sollecita protezione per i suoi figli senza distinzione, solennemente promettono di non mai scordare il valido appoggio e la materna assistenza loro accordata dal Regio Governo in momenti per essi così tragici.

Una decina di giorni dopo si era poi svolto il ricevimento di addio in Consolato, alla presenza di tutti gli ufficiali dei diversi comandi italiani. Nessuno aveva voluto rinunciare a prestare onore a Guelfo Zamboni e nel corso della serata il via vai dal cancello di Villa Olga era stato incessante. Il secondo piano era stato tirato a lucido per l'occasione e sulle terrazze dove la gente indugiava a chiacchierare nel tepore di inizio estate avevano brillato fino a notte fonda le lampade a olio. Lo scambio di parole intercorso fra chi partiva e chi restava aveva testimoniato la grande comunità di intenti che si era creata fra gli italiani; allo stesso modo il clima di affabilità e stima aveva reso la serata densa di emozioni e piacevole per tutti i convenuti. Zamboni si era sentito travolgere da un insieme di sentimenti, anche in conflitto fra loro, e aveva faticato a tenerli a bada: la commozione dei saluti, i tanti ricordi, il dispiacere di lasciare Salonicco e i suoi collaboratori, la voglia di rientrare in Italia costituivano per lui un groviglio al momento indistricabile.

A fine serata erano rimasti a Villa Olga solo il console, Lucillo Merci e la signora Carolina che si dava un gran da fare a sgombrare i tavoli, sebbene l'ora fosse molto avanzata.

«Vorrei ringraziarvi» esordì Zamboni.

Carolina si defilò in cucina a riporre gli ultimi bicchieri da lavare.

«Carolina, guardi che dico anche a lei».

La segretaria tornò con uno strofinaccio in mano. Lo guardava stupita, piena di ammirazione.

«Vi affido il Consolato» continuò con un nodo alla gola.

«Lo affida a Castruccio in verità» precisò Merci.

«Certamente» sorrise Zamboni. «E vi lascio in ottime mani, ma questa sera permettetemi di dire che mi sento di lasciarlo anche a voi. So che farete di tutto per aiutare il nuovo console nel suo compito, e lo farete con la stessa dedizione che avete dimostrato a me».

Non riuscì ad aggiungere altro.

Zamboni si avvicinò, prese fra le mani quelle di Carolina prima e di Merci dopo. Le tenne strette a lungo, scuotendole piano. Finì così di dire ciò che non gli era uscito di bocca prima.

Si ritirò poi lento al piano di sopra, indugiando qualche istante sulle scale per un'ultima occhiata ai due.

Carolina lasciò la villa per ultima, dopo aver riordinato almeno la cancelleria e gli spazi comuni di lavoro. Appena fuori si accorse che sulle terrazze erano rimaste ancora alcune lampade accese, ma non tornò indietro a spegnerle. Le faceva piacere lasciarle così. Avrebbero reso onore al console fino al mattino.

Il suo modo di esprimergli il proprio personale ringraziamento.

Diciotto giugno millenovecentroquarantatré

Il primo giorno da console si aprì per Giuseppe Castruccio con l'ingresso di Lucillo Merci dal cancello che dava sul giardino. Da quel punto di vista nulla pareva cambiato a Villa Olga. Merci era arrivato, come al solito, prima delle sette e si era messo subito a lavorare a testa bassa sui suoi documenti. Gli piaceva approfittare del silenzio che solo il Consolato ancora chiuso e deserto poteva offrirgli. Presto l'arrivo delle segretarie, della telegrafista e degli altri addetti lo avrebbe interrotto.

Castruccio era già sveglio, si sentivano i suoi passi nell'appartamento al piano di sopra. Merci poggiò la penna e sollevò lo sguardo: era una camminata diversa da quella cui era abituato. Più pesante, faceva rimbombare il soffitto; non ricordava di averlo mai notato prima.

Il telefono squillò, e anche il trillo gli sembrò più forte del solito, quel mattino.

Merci rispose e salì al piano di sopra.

«Signor console...»

Castruccio lo stava aspettando, seduto alla scrivania con in mano un telespresso appena arrivato da Roma. Zamboni si era più volte raccomandato di riferirsi a

Merci in caso avesse avuto bisogno di chiarimenti o di aiuto, di lui poteva totalmente fidarsi.

Infilò gli occhiali da lettura e scelse di leggere un passo del testo che chiedeva di prendere decisioni immediate.

> Agevolate in ogni loro bisogno gli ebrei italiani partenti, in modo particolare per ciò che riguarda il loro patrimonio, che è patrimonio italiano. Per ora essi dovranno essere trasferiti ad Atene, non a Roma, come molti di essi sperano. Il loro trasferimento avverrà prima del quindici luglio.

Merci sapeva perfettamente di cosa si trattava.

«Sono ancora più di trecento» rispose prontamente.

Si riferiva a quanti, riconosciuti cittadini italiani, dovevano ancora lasciare Salonicco.

Castruccio lo fissò restando zitto, tanto da costringerlo a precisare.

«Sono rimasti ancora trecento italiani e *quasi* italiani, da trasferire ad Atene con i nostri treni» aggiunse.

Al console scappò un sorriso.

Dietro quel *quasi* poteva leggere tutta la politica che aveva caratterizzato il Consolato negli ultimi mesi sotto la conduzione di Zamboni e di cui era stato esaurientemente informato.

«Allora si sieda e mi dica bene cosa possiamo fare per tutti loro, per gli italiani e i *quasi* italiani. Senza distinzione».

Quattordici luglio millenovecentoquarantatré

La giornata si era preannunciata afosa fin dal primo mattino. Per fortuna tutto pareva filare liscio: la tradotta italiana era arrivata venerdì nove luglio, puntuale secondo tabella, e i bagagli degli ebrei, che erano stati raccolti per tempo nelle sale della scuola italiana Alessandro Manzoni, vicina alla stazione, erano già stati caricati tutti sui vagoni. I militari avevano anche provveduto a piombarne le porte in modo che nessuno potesse saccheggiarli.

L'imbarco dei passeggeri era iniziato intorno alle sette. Tre ore per l'ultimo controllo dei documenti, che si era svolto con ordine e senza problemi nonostante la prevista pignoleria dei tedeschi, e per le dieci tutti avevano trovato il loro posto sul treno.

Restava il fatto che per le SS quella partenza aveva il sapore di uno smacco annunciato, se non di un vero e proprio affronto. Avrebbero fatto di tutto per mettersi di traverso. L'ultimo numeroso gruppo di ebrei italiani, erano trecentoventitré, stava definitivamente uscendo dalla loro giurisdizione.

Infatti, poco dopo le dieci arrivò al Consolato la notizia che i tedeschi avevano chiesto ai passeggeri di pagare il biglietto.

Castruccio, non appena ne fu informato, sbatté forte la cornetta sul telefono nero della scrivania. Merci si trovava già in piedi davanti a lui, a colloquio.

«È inaudito! Non possono chiedere di pagare su un treno italiano! Se vogliono riempirsi le casse di dracme con una nuova tassa sul viaggio da Salonicco ad Atene hanno sbagliato di grosso... Vada subito ad accertarsi del caso e porti tutte le rimostranze del Consolato!»

Merci tornò in stazione con la divisa fradicia di sudore, colpa dell'afa, della corsa e anche della concitazione che lo aveva preso. Sapeva già che lì avrebbe ritrovato il capo delle SS in persona, lo aveva visto la mattina presto quando era passato con Castruccio a controllare che tutto si stesse svolgendo regolarmente.

Dieter Wisliceny aveva fatto in modo di arrivare in stazione sin dalle sei del mattino per supervisionare personalmente l'imbarco. Aveva preteso che si controllassero con una minuzia maniacale tutti gli ebrei in partenza con il treno per Atene, alla ricerca di irregolarità e contraffazioni. Da tempo era certo che non tutti fossero realmente cittadini italiani. Ossessionato da quell'idea, era sua intenzione fare ogni ostruzionismo possibile al viaggio. L'idea di far pagare il biglietto gli era venuta sul momento, mentre li guardava salire, senza premeditazione, e si compiaceva molto con se stesso di quello che considerava un vero colpo di genio. Se gli fosse andata bene avrebbe accumulato altri soldi per il Reich, e per se stesso, sottraendoli agli ebrei; se gli fosse andata male avrebbe comunque intralciato la partenza e innervosito gli italiani.

«Questo è un treno italiano, di nostra giurisdizione: nessuno può chiedere di pagare per il viaggio al posto nostro!»

Merci era andato dritto al punto. Conosceva l'uomo, in quei frangenti non avrebbe avuto senso fare giri di parole. Sapeva anche che ci sarebbe voluto un po', ma che alla fine l'avrebbe spuntata. I tedeschi avevano davvero esagerato, contro ogni logica, anche militare.

Wisliceny insistette con le sue ragioni, in fondo si aspettava quell'intervento. Sapeva che avrebbe dovuto cedere, ma gli piaceva dare comunque del filo da torcere.

La discussione stava procedendo da tempo ed era ormai in via di risoluzione, quando il comandante della tradotta si avvicinò a Merci.

«Capitano, posso parlarle in privato?»

Merci si congedò da Wisliceny e si scostò di qualche metro, sotto al sole.

«Che succede, per interrompermi così?»

«Non ci permettono di partire, capitano!»

«Per la questione del biglietto abbiamo quasi risolto: era una follia! Non ci daranno più problemi. Stanno capendo anche loro che non possono tirare troppo la corda».

«Non si tratta più di questo, ora...»

Merci lo guardò perplesso, contava che i problemi fossero ormai superati.

«Ci hanno appena comunicato» proseguì il comandante «che manca la locomotiva e che...»

Un rumore di ferraglie interruppe bruscamente il loro discorso.

Merci si girò verso i binari e il comandante con lui.

Il treno aveva lentamente iniziato a muoversi.

Wisliceny sorrideva da solo. Sulla sua faccia grassa e rubizza si era stampata un'espressione di perfida soddisfazione.

«Ma che sta succedendo? Mi faccia capire: mi ha appena detto che non c'era la locomotiva e adesso invece il treno parte...» chiese Merci perplesso.

Il comandante scosse la testa come per dire non lo so, così mi avevano comunicato, anch'io non capisco; poi si precipitò dai suoi a chiedere nuove informazioni lasciando Merci in attesa.

Il capo delle SS restò ancora qualche istante sul marciapiede per accertarsi dei movimenti del convoglio, poi sparì dentro la stazione. C'era troppa polvere in giro, avrebbe potuto rovinargli la divisa.

In breve arrivò a Merci la risposta.

«Falsa partenza: hanno solo spostato il treno su un binario morto, in attesa che arrivi una locomotiva adatta».

In effetti il treno era tornato al suo posto, parcheggiato solo qualche metro più in là rispetto a prima.

Si erano intanto già fatte le dodici e il caldo iniziava a farsi insopportabile. Merci e gli altri ufficiali italiani si spostarono sotto la pensilina per guadagnare uno spazio d'ombra e poter analizzare la situazione con la tranquillità necessaria. Qualcosa non tornava: il treno era arrivato dall'Italia con una locomotiva, com'era possibile che fosse sparita?

«Cercate di ottenere più informazioni, e vediamo di non farci prendere in giro».

Merci ordinò al comandante di andare ad appurare meglio i fatti e di riferirgli lo stato della situazione non appena possibile.

Rimase in attesa, solo, fermo al suo posto; non aveva nessuna intenzione di abbandonare il campo.

Dalla sua postazione riusciva a scorgere bene il treno, steso sui binari come un animale ferito. Attraverso i finestrini era in grado di intravvedere i volti di chi attendeva di partire. Li passò in rassegna uno per uno: vecchi, bambini, donne sole, soldati, e una ragazza in particolare. L'aveva già notata da un po' e aveva attratto la sua attenzione. Portava un vestito azzurro a pois sotto a un giacchino cremisi, i capelli ricci le arrivavano alle spalle e sedeva molto composta. Aveva un modo strano di tenere gli occhi fissi al cielo, incollata al suo sedile. Ogni volta che Merci aveva indirizzato lo sguardo verso di lei l'aveva sempre trovata nella stessa posizione, come una graziosa statuina di porcellana appoggiata sul mobile bello del salotto. Merci aveva persino provato a guardare in cielo anche lui, seguendo la traiettoria dello sguardo della ragazza, ma a parte qualche sparuto uccello di mare che volteggiava nell'azzurro fra le poche nuvole di calore che si erano accumulate non c'era nulla di speciale.

«Capitano!»

Il comandante arrivò di corsa con notizie fresche.

«Pare che la linea ferroviaria nei pressi di Larissa sia congestionata per colpa di un'interruzione dei binari nel tratto successivo. A questo punto la nostra partenza deve per forza slittare a un orario ancora da definirsi, i tedeschi dicono che al momento non si può sapere quando ci muoveremo. Potrebbe volerci anche molto tempo...»

Prima la locomotiva, ora i binari, troppe coincidenze tutte insieme, concluse Merci.

«Dobbiamo verificare subito, vista la situazione non mi fido più di niente e nessuno. Ma per sapere che cosa sta davvero succedendo devo tornare in Consolato. Attendete qui le disposizioni di Castruccio».

Merci abbandonò la stazione e rientrò preoccupato a Villa Olga. C'era un treno pieno di gente, su un binario morto, esposto al sole di luglio, senza che nessuno potesse scendere. I tedeschi non l'avrebbero mai permesso e poi non conveniva: su quel treno, seppur in condizioni difficili, gli ebrei godevano dei diritti del Governo italiano. Per qualcuno scendere avrebbe potuto significare non risalire.

Al console bastò un breve giro di telefonate per appurare la verità: come sospettava, non c'era nessuna interruzione sulla linea, la via per Larissa era completamente libera. Si trattava di un chiaro boicottaggio da parte tedesca.

Appena avuto mandato ufficiale, Merci tornò in stazione. La situazione era immutata. Anche la ragazza era al suo posto, non poté fare a meno di notarla: nel suo volto scarno e pallido c'era qualcosa che lo turbava e al contempo lo attraeva. La fierezza sapeva convivere in lei con lo smarrimento, così come l'angoscia con la pace.

«Ci è stato confermato dalle nostre fonti che la via è libera, non c'è motivo per non partire. E a quanto ci risulta è disponibile anche più di una locomotiva adatta a questo treno» si affrettò a comunicare ai tedeschi stando bene attento a non fare polemica. Aveva imparato la diplomazia e le sue regole: si impose di essere deciso, ma senza esagerare, l'unico obiettivo da raggiungere era far partire presto quel benedetto treno.

Da quel momento si avviò uno snervante tira e molla, che pareva non aver fine. Si susseguì infatti una serie di false promesse, con l'orario di partenza, dapprima garantito alle quindici e trenta, che prese a slittare progressivamente.

Merci riuscì a far portare un po' d'acqua sul treno, ma insufficiente per tutti; si era raccomandato che ne avessero un po' almeno i vecchi, i malati e i bambini stremati dall'attesa. Stava male lui, a pensarli bloccati così sotto il sole dentro le lamiere arroventate del treno.

Il giorno intero passò fra trattative estenuanti in cui fu necessario alternare il pugno duro alle soluzioni di compromesso: la posta in gioco era troppo alta per farne una pura questione di principio, troppe vite dipendevano da quel treno.

Quella specie di farsa con la locomotiva, che arrivava e spariva, veniva attaccata ai convogli per poi essere nuovamente staccata, proseguì per molte ore. Segno della caparbietà dei tedeschi e della loro volontà di fare il possibile per ostacolare la partenza.

Il console Castruccio stesso dovette più volte recarsi in stazione per trattare personalmente con le SS, finché alla fine gli furono garantite le ventuno come orario di partenza. E stavolta sembrava credibile.

Il sole si era ritirato da poco, ma l'afa non aveva intenzione di mollare. Il caldo umido, reso ancora più fastidioso dalle zanzare incattivite che succhiavano il sangue anche attraverso i vestiti, appiccicava i tessuti ai corpi e toglieva il fiato.

Il treno continuava a restare fermo: sotto le luci artificiali della stazione aveva assunto l'aspetto di un moloch assetato di sacrifici.

Solo alle ventitré comparve finalmente la locomotiva che avrebbe dovuto agganciare i vagoni.

Merci tirò un sospiro di sollievo.

Ma non era ancora finita.

Proprio quando sembrava fatta, gli si avvicinò un sottufficiale delle SS.

«Deve partire anche il personale di scorta tedesco!»

Merci lo guardò storto. Dapprima non capì nemmeno di cosa stesse parlando, poi si rese conto che quella non era una richiesta, bensì un ordine. Il treno era pienissimo e non c'era un solo posto libero. Merci non considerò nemmeno l'idea di far scendere qualcuno.

«Se non parte anche la nostra scorta, allora non partirà nessuno!» gli gridò stizzito il sottufficiale e per ripicca con la mano lanciò un segnale. A quel cenno, la locomotiva appena agganciata fu fatta rientrare di nuovo in rimessa.

Merci perse il controllo. Pestò un pugno sulla porta della sala di attesa della stazione tanto da lasciare un segno nel legno. Avrebbe potuto intervenire solo il console, a quel punto.

Fu infatti necessario un ultimo, personale, richiamo di Castruccio con la minaccia di un intervento ufficiale del Governo italiano presso gli uffici di Berlino perché la locomotiva tornasse al suo posto e il treno avesse l'autorizzazione a partire.

Durante quelle ultime manovre Merci fu attratto da qualcosa che stava accadendo sul terzo vagone. Era ancora la ragazza dai capelli ricci. All'improvviso si era alzata in piedi, aveva pestato i palmi delle mani sul vetro del finestrino e aveva puntato gli occhi su di lui. Lo fissava, ma non era certo che lo vedesse. Il suo sguardo sembrava piuttosto trafiggerlo, trapassarlo per appuntarsi su qualcosa di indefinito dietro di lui. Merci provò un brivido, si chiese se potesse fare qualcosa, se dovesse intervenire in suo aiuto, ma proprio in quel momento il treno si mosse con uno scossone improvviso. Uno stridio acuto riempì l'aria, assieme a un odore di ferro che in bocca prendeva il sapore del sangue.

Era passata la mezzanotte da un quarto d'ora e dopo quattordici ore di attesa, il quindici luglio, il treno della salvezza fu in grado di partire alla volta di Atene.

I tedeschi, contrariati e vinti, di colpo spensero per dispetto tutte le luci, anche quelle segnaletiche sui binari. E il buio calò sui pensieri di Merci nella stazione di Salonicco.

7

La stazione

TRENO DELLA SALVEZZA

Quattordici luglio millenovecentoquarantatré

Hanna era arrivata in stazione la mattina presto, quasi all'alba, assieme ai suoi genitori. Pallida e magrissima, camminava lenta. Ogni passo, una fatica quasi insormontabile.

Indossava il vestito preferito, quello azzurro a pois bianchi, di cotone leggero, che le era diventato troppo largo e un giacchino cremisi sopra, anch'esso di qualche taglia più grande. Il suo sguardo vagava senza una meta precisa, di tanto in tanto si incollava a certi dettagli insignificanti – un foglio di carta tra i binari, la maniglia bronzata di una porta, una nuvola di calore in cielo – da cui faticava a staccarsi in attesa di trovare un diverso punto di appoggio a cui fissarsi un altro po'.

Una volta superato il controllo dei documenti, la famiglia Molho aveva trovato posto sul terzo vagone. Hanna era una ragazza giovane e carina, gli altri passeggeri erano stati gentili a farla sedere sulla panca di legno accanto al finestrino, così avrebbe potuto guardare lo scorrere del paesaggio durante il viaggio verso Atene.

Lei aveva più volte ringraziato, ma non tutti erano riusciti a udire la sua voce così flebile, ridotta quasi a un sospiro impercettibile.

Si sedette composta dove le fu indicato e iniziò a guardare fuori, soprattutto in alto, verso il cielo. Come una persona distratta o soprappensiero.

«Quando partiremo?»

La domanda serpeggiava sul treno. Scandita a piena voce oppure appena sussurrata, scivolava da bocca a orecchio dal primo fino all'ultimo vagone, avanti e indietro, come un'onda del mare con la sua risacca. A volte leggera come uno sciabordio, a volte più tumultuosa e irruente.

Nessuno conosceva l'orario preciso di partenza. Probabilmente non c'era nemmeno un orario stabilito, a un certo punto il treno si sarebbe mosso e Atene sarebbe stata improvvisamente più vicina.

Nemmeno i soldati italiani, a terra o in partenza, erano stati in grado di dare informazioni ai civili, tutti avevano comunque assicurato che non sarebbe stata un'attesa troppo lunga.

Quando a fine mattina il treno si mise in moto senza preavviso, sui volti si accesero i segni della gioia e i passeggeri si scambiarono delle occhiate colme di speranza: il momento tanto atteso era finalmente arrivato. I passeggeri in piedi si affrettarono a sedersi, per non sbilanciarsi e cadere, e si prepararono composti al viaggio.

Il treno fece una strana manovra, cambiando più volte il senso di marcia. Difficile capire veramente cosa stesse succedendo. Tutti gli occhi, da quelli curiosi e spalancati dei bambini a quelli scarni e incavati degli anziani, erano incollati ai finestrini in cerca di una risposta.

Alla fine il treno tornò ad arrestarsi, su un binario parallelo, più o meno allo stesso punto di prima. Solo qualche metro più in fuori rispetto alla stazione.

La delusione prese il sopravvento su tutti e un silenzio imbarazzato si impossessò del vagone.

«E tu come ti chiami?»

La domanda rivolta a Hanna arrivò da una signora dal viso raggrinzito, che a quel punto si sentiva in dovere di iniziare una conversazione. Quando poco prima si era presentata aveva detto di chiamarsi Lea.

Hanna la guardò un istante, sorrise educatamente, e sussurrò il suo nome.

«Si chiama Hanna» ribadì prontamente la signora Stella, con la sua voce squillante. «Si chiama Hanna e ha quindici anni, è nostra figlia».

La vecchia annuì.

«È una bella ragazza, sembra più grande della sua età. Pare una donna» aggiunse.

La mamma di Hanna si limitò a un sì, prima di abbassare lo sguardo. Hanna le indirizzò un altro sorriso di cortesia.

Intanto i soldati seduti in fondo al vagone avevano tirato fuori un mazzo di carte per dare il via a un torneo di briscola, tanto per ammazzare il tempo. Avevano anche una bottiglia di ouzo che si passavano di mano e bevevano a canna. Ridevano, senza preoccupazioni.

Gli altri uomini presenti si erano alzati dai loro posti e avevano fatto capannello intorno ai giocatori. Dall'alto commentavano la partita, avevano parole di approvazione per le giocate vincenti, talora esageravano e anticipavano le mosse svelando le carte. Un soldato della coppia in netto svantaggio si innervosì e alzò la voce, per zittire tutti. Ma il silenzio era durato poco, in breve il brusio era ricominciato, ancora più intenso di prima.

Le ore avanzavano. Man mano che il sole si alzava nel cielo la temperatura nei vagoni si faceva sempre più insostenibile.

«Hanna cara, togliti il giacchino, fa molto caldo» la invitò premurosa la mamma.

La ragazza lo sfilò lenta e lo appoggiò sulle ginocchia, dopo averlo ben piegato a partire dalle maniche. Ai suoi sembrava impossibile, ma da quando mangiava così poco sentiva sempre freddo, la notte chiedeva persino le coperte.

La signora Stella fissò il signor Moshe che emise un sospiro. Era appena tornato a sedersi accanto a lei; in piedi, in mezzo agli altri, gli era sembrato di svenire per il caldo. Poi chiuse gli occhi per provare ad appisolarsi. Con quella temperatura conveniva restare fermi senza muovere un muscolo.

Le notizie sul treno avevano preso a girare incontrollate, in un crescendo angoscioso. Dapprima si era sparsa la voce che la ferrovia fosse interrotta in più parti per via di una frana nei pressi di Larissa, poi che per un guasto non riparabile alla locomotiva avrebbero dovuto attenderne un'altra che però era già in arrivo dall'Italia, infine che non sarebbero affatto partiti perché i tedeschi non davano il permesso di lasciare Salonicco. Un vecchio mezzo sdentato gettò tutti nel panico quando spifferò di aver sentito che il treno, pieno di ebrei, sarebbe comunque andato in Polonia e non ad Atene come previsto, ma fu subito messo a tacere dai soldati, in malo modo.

L'unica cosa davvero certa era che fuori, sotto la pensilina della stazione, col passare delle ore, era aumentata la gente in divisa che parlava, discuteva animatamente, a tratti pareva litigare, con un via vai esagerato. Senza dubbio erano in corso dei diverbi fra gli ufficiali tedeschi e quelli italiani.

La mamma di Hanna aprì la borsa e tirò fuori una pagnotta che aveva conservato fino ad allora. La divise in alcune parti e iniziò a distribuirle, assieme a dei pezzi di formaggio secco. Prima li diede al signor Moshe, poi a Hanna e anche alla signora Lea e ai suoi vicini di posto, che erano dei parenti e avevano l'aria di chi non mangia da giorni.

Hanna lo sbocconcellò senza voglia, e non lo finì. Lo

restituì alla mamma che lo avvolse in un tovagliolo di tela e lo mise nuovamente nel sacchetto, per conservarlo per dopo. Avrebbe voluto bere, quello sì, ma l'acqua che si erano portati dietro era già finita da un pezzo.

Il treno non mostrava alcuna intenzione di partire, nonostante si fosse ormai fatto pomeriggio. Fuori, lungo i binari, i soldati tedeschi si erano dati il cambio alla guardia e anche quelli italiani non erano più gli stessi di prima.

Hanna non si era mai spostata dal suo sedile, era restata immobile, senza cambiare posizione, a fissare dal finestrino i binari che si allontanavano da Salonicco. Gli occhi erano spalancati, attratti dal luccichio del sole sul ferro lucido delle rotaie. Quel caldo assurdo associato alla debolezza del suo corpo e alla sete che le ardeva in bocca avevano iniziato a farle uno strano effetto.

Già a fine mattina, dall'orizzonte lontano, prima come un baluginio confuso, poi via via più distintamente, aveva visto arrivare verso di lei suo cugino Alexandros. A piedi, con i capelli bagnati e il costume blu a righe bianche simile a quello che indossava il giorno che era stato portato via dal mare. Non era più un bambino. Teneva sulla spalla una sacca colma di pesci. Aveva con sé polpi, spigole e anche un branzino dalle branchie rosse che guizzava ancora. Alexandros sembrava davvero felice, fiero della sua pesca. Quando le fu più vicino prese in mano un polpo, il più grosso, e lo sollevò in alto, per mostrarglielo bene. Hanna non ne aveva mai visto uno simile, con i tentacoli che si agitavano nell'aria, e cercavano di avvinghiarsi al braccio di suo cugino. Aveva sorriso ad Alexandros e si era precipitata incontro a lui. Buttandogli le braccia al collo gli aveva sussurrato all'orecchio lo sapevo che il mare non ti aveva preso, che eri solo via a pescare, sei sempre stato il migliore a pescare tu, bravo, hai preso proprio un gran bel polpo, vedrai che stasera la mamma lo cucinerà sulla griglia e lo mangeremo insieme con il taboulé di verdure e potrai raccontarci la tua storia e rideremo fino al mattino, finché l'alba non ci verrà incontro.

Poi, qualche ora più tardi, era stato all'incirca a metà pomeriggio, all'orizzonte era comparso anche Andreas.

Andreas il forte, Andreas il muscoloso.

I lavori sulla strada di Larissa lo avevano reso un uomo. Hanna aveva faticato un po' a riconoscerlo, con quella barba nera che gli ricopriva il viso e gli lasciava scoperti solo gli occhi e la fronte. Non era solo. Teneva per mano Nina che non vedeva l'ora di ballarci insieme tanto era contenta del suo ritorno, ma lui si vergognava di farlo così davanti a tutti e le diceva si balla la sera con la fisarmonica e i violini sotto le luminarie colorate, non il pomeriggio alla stazione con tutta la gente che ci guarda. Hanna era di nuovo scesa dal treno, di corsa, nella sua direzione, ma dopo pochi passi si era trattenuta: aveva preferito non avvicinarsi troppo a lui, per discrezione. Aveva pensato che fosse stato il caso di lasciarlo solo con Nina che non aveva altro in testa che baciarlo e nascondersi in un angolo, sola con lui, per premersi sul suo corpo.

Fu solo quando stava ormai per imbrunire che, sbucata dalle prime ombre della sera, apparve lenta una nuova figura. Hanna dapprima non riuscì a distinguerla, però riconobbe immediatamente il suono dell'armonica. Tutt'intorno, nell'aria, si era sparsa la *sua* canzone, bella come la melodia che gli angeli avevano sentito all'inizio del mondo quando Adonai stava creando la terra e le piante e i pesci e gli altri animali e l'uomo con la sua donna.

Yosef era tornato!

Teneva la giacca appoggiata sulla spalla destra e le veniva incontro con quel suo modo di camminare un po' molleggiato che la faceva tanto ridere. Appena l'aveva vista aveva alzato la mano in segno di saluto e gridava Hanna! Hanna! sono qui, a gran voce. Aveva i capelli più lunghi di quando si erano visti l'ultima volta, era ancora più alto e più forte. Era bello Yosef ed era tornato per lei, era tornato a riprenderla e mai più lasciarla.

Hanna si alzò improvvisamente dal suo sedile, attingendo all'ultimo residuo di forze che aveva in corpo. Il giacchino le cadde a terra e finì sotto una scarpa nel momento in cui aveva cercato di muovere un passo.

La signora Stella e il signor Moshe, che si erano assopiti vinti dal caldo e dalla sete, si svegliarono di colpo, spaventati. Anche la signora Lea sussultò e per un attimo smise di russare, ma un attimo solo.

Alla vista di Yosef, Hanna non seppe trattenersi e lanciò un grido di gioia.

Appoggiò entrambe le mani ai finestrini, premette i palmi sul vetro, come per trapassarlo. Il suo corpo tremava tutto, scosso dai fremiti ritmici dell'emozione.

Le energie erano improvvisamente rinate, ogni cellula del suo essere si era riattivata, quel ritorno era stato in grado di ridarle la vita. Si sentiva pronta, tesa a precipitarsi incontro a lui per dirgli sapevo che saresti tornato, che non mi avresti lasciata sola, io ti aspettavo sai, non ho mai smesso di farlo un solo istante da quando sei partito, ogni notte ho pronunciato il tuo nome per farti tornare da me e ho cantato le tue canzoni. Adesso che ci sei, lo giuro, mangerò di più, farò come dicono la mamma e il papà, tornerò a stare bene per te e per me.

Ma il grido, di colpo, le si strozzò in gola, per ricomparire diverso, tramutato in un urlo sordo, lacerato. Non era più suo, adesso arrivava dal profondo del tempo, saliva dalle viscere della terra. Era l'urlo della vita ferita prima ancora di nascere.

Hanna sgranò gli occhi. Li spalancò, incredula. Più che poté.

Yosef non c'era più. Si era improvvisamente dissolto

nell'aria. Lo aveva visto salire verso il cielo come un rivolo di fumo, una flebile traccia grigiastra che aveva volteggiato un po' prima di diradarsi del tutto.

Anche Alexandros se n'era andato con il suo bottino di pesca.

Nemmeno Andreas era più lì.

Hanna picchiò i pugni sul vetro e si contorse tutta.

Il suo urlo si fece lamento, flebile come quello di un neonato prematuro che non ha la forza di piangere e di succhiare il latte dalla madre.

Poi si accasciò sul sedile e serrò forte gli occhi, per la prima volta. Non l'aveva mai fatto in vita sua. Proprio lei che tutti dicevano Hanna non chiude mai gli occhi. Lei che, in fondo, aveva sempre avuto paura di farlo.

Questa volta li strizzò fino a far diventare bianche le palpebre, fino a sentir male.

Chiuse forte gli occhi e inaspettatamente rivide Yosef. Bello, come fosse stato lì.

Assente, e presente. Lontano, e vicino.

Fu l'intuizione di un istante: forse non era sparito dalla sua vita, lo custodiva in sé e aveva il potere di farlo tornare.

Chiuse forte gli occhi un'altra volta, per accertarsi che accadesse di nuovo.

E lui era ancora lì ad aspettarla, veramente.

Era Yosef con la faccia da topo in piedi con il pacco di libri stretti fra le mani, Yosef che provava di nascosto con l'armonica la canzone dedicata a lei, Yosef che aveva desiderato troppo una bici, Yosef che l'abbracciava stretta nel ghetto e poi scappava via rabbioso, Yosef che difendeva una bambina senza padre, Yosef che partiva con il treno. E, forse, Yosef che avrebbe anche potuto farcela in Polonia, perché lui era diventato forte e avrebbe fatto di tutto per resistere.

Tutti gli Yosef che amava erano lì con lei e ci sarebbero rimasti per sempre. Nessuno avrebbe potuto portarli via. Come i ricordi, come i pensieri.

Strano come non se ne fosse accorta, fino a quel momento.

Riaprì gli occhi che il treno era già in aperta campagna. Le colline si allontanavano lente illuminate a malapena da uno spicchio di luna sperso nel cielo senza stelle.

Hanna sorrise, da sola. Dopo tanto tempo provava qualcosa che si avvicinava alla serenità, un sentimento che non riteneva più possibile.

Si guardò intorno. Dormivano tutti, sfiniti dalla giornata appena trascorsa avevano finalmente ceduto alla tensione accumulata. Qualcuno nel sonno pronunciava parole incomprensibili, qualcun altro russava e si muoveva scomposto.

Era l'unica sveglia.

Fissò in faccia i suoi compagni di viaggio, uno a uno: la signora Lea e i suoi parenti, sua madre abbandonata sulla spalla di suo padre, i bambini stesi sulle ginocchia dei genitori, là in fondo i giovani soldati dalle barbe sfatte che si erano tolti gli scarponi, e si chiese che futuro li aspettasse tutti. Nessuno poteva saperlo, il mondo andava troppo in fretta anche solo per immaginarlo.

Raccolse da terra il giacchino. Con la mano cercò di togliere i segni delle sue impronte, lo indossò e ci si strinse dentro, incrociando le braccia.

Si sentiva sfinita.

Forse avrebbe potuto lasciarsi addormentare anche lei, come gli altri.

Forse non avrebbe più avuto paura dei suoi sogni.

Il treno, dentro il nero della notte, li stava conducendo placido verso una nuova alba.

Hanna appoggiò la testa sul finestrino, vide il suo volto riflesso nel vetro e chiuse piano gli occhi.

R. Consolato Generale d'Italia a Salonicco
Telespresso N. 4060/892
Indirizzato a:
1) R. Ministero degli Affari Esteri, Roma
2) R. Rappresentanza d'Italia per la Grecia, Atene

Salonicco, 11 Agosto 1943/XXI

Oggetto: Fine della colonia ebraica di Salonicco

Gli ultimi ebrei rimasti nel ghetto del "Baron Hirsch" sono partiti nella notte fra il 10 e l'11 agosto. La polizia specializzata SS è partita ieri. Il suo Capo, Wisliceny, è partito questa mattina in aereo per Berlino.
La colonia ebraica di Salonicco, che era stata fondata prima della scoperta dell'America e che contava circa 60.000 persone, non esiste più. Gli ebrei avevano nel corso dei secoli organizzato industrie di altissimo valore; basta citare quella del Torres per tessuti e iuta, che era la più importante di tutti i Balcani.
Essi avevano accumulato immense ricchezze, che furono saccheggiate e rubate dai greci e dai tedeschi. La liquidazione della colonna israelita si è svolta e si è consumata in mezzo ad atrocità, orrori e delitti, come non avevo sentito raccontare nella storia di tutti i tempi e di tutti i popoli.

La colonia israelita italiana ha potuto salvarsi trasferendosi ad Atene; lo stesso dicasi per le piccole colonie israelite argentina e portoghese.
La colonia spagnola, che ha trascorso i due ultimi mesi nella speranza di essere trasferita in Spagna, ha avuto all'ultimo momento il rifiuto spagnolo e i tedeschi l'hanno deportata in Germania, compreso il Vice Console spagnolo che era stato accettato e riconosciuto come tale e che aveva servito la Spagna lunghi anni a Salonicco.
Per noi italiani la liquidazione della nostra colonia ebraica rappresenta un danno gravissimo che non si può misurare in milioni. Basta pensare che, prima della presente guerra, la bandiera mercantile italiana aveva a Salonicco il secondo posto subito dopo quella greca. Il traffico marittimo era in gran parte provocato dai commerci e dalle industrie degli ebrei italiani di Salonicco.

Console Castruccio

COME È NATO QUESTO LIBRO
di Luigi Ballerini

Nel raccontare le vicende di quel terribile Quarantatré a Salonicco ho voluto intrecciare la realtà storica, relativa alle vicende del Consolato italiano con il console Guelfo Zamboni e il capitano Lucillo Merci, con la fiction, quella di Hanna e Yosef, mantenendo il più possibile per questi ultimi un carattere di verosimiglianza.

Per quanto attiene la parte storica mi è stato indispensabile il libro pubblicato dall'Ambasciata d'Italia in Atene *Ebrei di Salonicco 1943 - I documenti dell'umanità italiana*, curato da Alessandra Coppola, Antonio Ferrari e Jannis Chrisafis. In esso sono raccolte tutte le comunicazioni ufficiali intercorse fra i nostri diplomatici in Grecia e i Ministeri a Roma in quel periodo. Alcuni telespressi sono stati integralmente o in parte riportati nel romanzo.

L'unica intervista rilasciata nel 1992 da Guelfo Zamboni all'età di novantacinque anni, le parole di suo nipote Luigi Zazzeri e i diari di Lucillo Merci, conservati presso lo Yad Vashem in Israele e da me consultati solo parzialmente nelle poche trascrizioni circolanti, sono stati i materiali che non solo mi hanno documentato l'operare di questi uomini, ma anche il loro sentire. Mi hanno permesso di conoscerli entrambi, seppur indirettamente, anche per il loro carattere e temperamento.

Per la ricostruzione degli ambienti ho potuto consultare le piantine originali di Villa Olga, oggi ridotta a un triste rudere da cui traspare ancora l'originaria bellezza, e visionare alcuni video di archivio girati in città proprio in quell'epoca. Ricordo come particolarmente intenso anche il lungo colloquio telefonico avuto con la signora Dritta Giomo, residente a Salonicco, che nel 1943 è stata tra le interpreti del nostro Consolato e che ha condiviso con me i suoi ricordi.

Hanna e Yosef non sono mai esistiti come tali. In loro però ho cercato di far rivivere le esperienze di chi veramente è passato per quella circostanza. Per assicurare la verosimiglianza mi sono basato sulle videotestimonianze degli ebrei sopravvissuti di Salonicco; molti degli episodi che vivono i nostri protagonisti sono stati tratti da lì, dalla ricerca dell'amica di Hanna nel ghetto di Vardar, ai fucilati in strada, all'orecchino strappato alla bambina nella sinagoga.

Il privilegio di leggere alcuni temi dei ragazzi che frequentavano nel 1943 la scuola italiana Umberto I a Salonicco mi ha fornito l'occasione per conoscere il loro stile di vita e di parola. I ricordi che si scambiano Hanna e Yosef, quello della bicicletta e quello del piroscafo, sono stati tratti entrambi da questi temi. Alberto Modiano era il ragazzo che desiderava la bici ed Ester Saporta la ragazza che aveva superato l'oceano alla volta del Cile.

Ma tutto questo non sarebbe stato possibile senza il sostegno di Antonio Crescenzi, dell'Istituto Italiano di Cultura di Atene, in precedenza in quello di Salonicco la cui sede un tempo accoglieva la scuola Umberto I.

È stato lui ad accogliermi e accompagnarmi nel mio primo sopralluogo a Salonicco, lui a fornirmi le piantine di Villa Olga, i video d'epoca, il contatto con la signora Dritta Giomo, la toponomastica esatta della città e i contatti con alcuni studiosi esperti. Sempre grazie ad Antonio è stato possibile recuperare i temi dei ragazzi della Umberto I, successivamente deportati e, nel 2004, dopo un'instancabile opera di ricerca, restituire ad alcuni loro discendenti i diplomi mai ritirati. Buona parte del merito di questo libro è pertanto sua.

Non posso non ringraziare anche il giornalista Antonio Ferrari, corrispondente dal Mediterraneo orientale e editorialista del *Corriere della Sera*, che ha avuto parole di incoraggiamento per questo libro. Così come Gariwo - la foresta dei Giusti e Gabriele Nissim, per il loro impegno con il Giardino dei Giusti di tutto il mondo di Milano dove, dal 2010, al console Zamboni sono stati dedicati un albero e un cippo.

Ma da ultimo desidero indirizzare il mio pensiero a Guelfo e a Lucillo. Due uomini diventati a me ormai così familiari da sentirmeli amici.

SALONICCO, CITTÀ DI PACE

di David Saltiel
Presidente della Comunità Israelitica di Salonicco

"Madre di Israele", così veniva chiamata, dai suoi stessi abitanti, Salonicco, l'antica Tessalonica. Città cosmopolita e accogliente, per secoli ha offerto la possibilità di una pacifica convivenza fra le diverse religioni, garantendo prosperità a ebrei, cristiani e musulmani. Una seconda Gerusalemme in cui gli ebrei sefarditi avevano costituito la loro più grande comunità, arrivando ad annoverare più di cinquantamila persone, e su cui si abbatté la più crudele furia nazista.

Sono lieto che questo libro faccia memoria di ciò che è accaduto in quell'oscuro 1943, fatti che risultano ancora poco noti al mondo. Un libro pieno di memorie dolorose – le atrocità e le sofferenze patite – e di altre più luminose – i giusti che con l'operosità di un eroismo quotidiano sono stati capaci di salvare centinaia di uomini e donne –. Anche grazie a loro, la comunità ebraica di Salonicco non si è estinta. Altri sono tornati e hanno deciso di ripercorrere la strada della pace e della tolleranza, ricominciando dal bene, per la costruzione di una società civile dove ciascuno possa vivere in prosperità.

INDICE

Stampa: Elcograf SpA - Cles (TN)